Can I still be your heroine, even though I'm your teacher?

君の先生でもヒロインになれますか?

羽場楽人 Ill. 塩こうじ

知っているはずの部屋なのに、なにか全体的に違う気がする。

「……こんなんだっけ？」

段々と視界が鮮明になるにつれて、その違和感の正体に気づく。

「!? ここ、錦くんの部屋じゃん」

やらかしたぁ〜〜〜!!!!

さっと血の気が引く音がした。一体なにがどうして、こうなっている。

「あ、アタシ、やっちゃったの!?」

「ベッドが放してくれないいんです」
久宝院旭
くほういん　あきら

天条 レイユ
てんじょう レイユ
「久宝院さんまた遅刻よ。
今日はなんで遅れたの？」

「あー先に入っている。待っててって言ったのに」

「え、天条さんッ!?　なんで開けるんですか!?」

「お背中を流しますね」

CONTENTS

Can I still be your heroine,even though I'm yourteacher?

君の先生でもヒロインになれますか？
Can I still be your heroine, even though I'm your teacher?
羽場楽人
Ill.
塩こうじ

プロローグ　おすそわけ

「ただいま」

ひとり暮らしのアパートに帰っても、返事をしてくれる人はいない。

アタシの名前は天条レイユ、年齢は二十三歳。独身、恋人ナシ。都内にある私立輝陽高校で日本史の教師をしている。二年目である今年、はじめて担任としてクラスを受け持つようになり毎日忙しい。放課後は水泳部の顧問として生徒たちの指導にあたる。

下校時間を過ぎてからも職員室に戻って小テストの採点など事務作業を片づけていく。

残業を終えて家へ帰る頃には疲れてクタクタだ。

「今日もお疲れ様、アタシ」

電気をつけると、部屋へ続く狭い廊下にはゴミ袋が転がっていた。今朝もギリギリまで寝てしまい、慌てて家を出たので捨てそびれてしまった。

行く手を塞ぐ鬱陶しいゴミ袋をよけて洗面所へ向かう。

手洗いうがいを済ませて、顔を上げると鏡に映る自分は疲れた顔をしていた。

コンタクトを外すと、解放感とともに視界がわずかにぼやける。

日常生活を送るには眼鏡なしでも支障ない視力だが、仕事中はコンタクトを装着していた。

着ていた服と部活でつかった競泳水着を洗濯機に放りこむ。

キャミソールとショートパンツ、オーバーサイズのパーカーに着替えるとやっと一息つけた。

そのままベッドへ糸が切れたように倒れこむ。

——すべてを投げ出したい夜がある。

今がまさにそんな気分だ。

受け持つ二年C組の生徒たちはいい子ばかり。

だが、心配な子もいる。ある女子生徒はまだ四月だというのに遅刻がとても多かった。何度か注意したが改善の兆候は残念ながら見られない。一体どうすれば彼女の助けになれるのだろう。

生徒の力になれる教師を目指しているのに己の力不足が歯がゆかった。

加えて仕事に時間がとられて、プライベートにまるで余裕がない。

「あーしんど。明日休みにならないかなぁ」

本音という名の独り言が勝手に漏れる。

夕飯は帰りに外で食べてきたから、このまま満腹感で寝てしまいそうだ。

「……イチゴ食べなきゃ」

田舎のおばあちゃんが大量に送ってくれた高級なイチゴ。

アタシの子どもの頃からの大好物なのだが、さすがに連日食べていると少しだけ飽きてきた。早く食べないと傷んでしまうが、ひとりで食べきるのは難しそうだ。

どうしたものかと悩んだ末に、アタシは高校時代からの親友である女友達に電話をかける。

「美味しいイチゴを食べるついでに今週末うちへ遊びに来ない？」

『合コンがあるので無理です』

雑談も抜きに用件を伝えると、のんびりとした喋り方であっさり断ってきた。

「薄情な親友め。久しぶりに女子会しようよ～」

『春は出会いの季節なんです。多くの男性からのお誘いでスケジュールがいっぱいなので』

「一年中の間違いでしょう？」

『レイユちゃんこそ、思春期男子の恋泥棒は程々にね。女子から嫌われたり恐がられたりしていない？』

甘ったるい声に、ほんのりと毒を交えた丁寧な喋り方はいつ聞いても面白い。

「失敬な、ちゃんと慕われてますから」

『えーほんとうですかぁ？　高校時代のレイユちゃんはその美貌で超トゲトゲしかったから、みんな恐がってましたよ。生徒に気を遣われているだけで、実はビビられてません？』

「疲れているところに、嫌な疑いをかけないでよ」

思わず心配になってしまう。

『生徒の相手もいいですけど、早く彼氏のひとりくらい作ればいいのに』

「今年からクラス担任だから、そんな暇ないってば」

『わたしと電話する時間はあるのに？』

「そっちだってアタシの電話に出てるじゃん」

時刻は夜の十時をとっくに回っていた。

『わたしはハイスペな殿方と次のお店へ移動中なのです』

「木曜の夜でもお盛んね」

仕事でクタクタだから遊びに行く元気なんてない。

『誰が運命の相手かわかりませんから。出会いの数だけでも増やすべきです』

「アタシには真似できないな」

『レイユちゃん、昔から恋愛に興味ゼロですよね。せっかくの美人が持ち腐れなんて、もったいなーい。結婚できませんよ』

電話口で盛大に呆れられてしまう。

「しょうがないでしょう。実の両親が散々揉めまくっている環境で育ったんだから、永遠の愛なんて信じられないわよ」

興味がない上に仕事が忙しい現在、恋愛の優先順位はかなり低かった。

そんな時間があれば、のんびり休むか行き届いていない家事に手をつけたい。

おまけに結婚を焦る気もまったく起きないのだから恋人なんてできるわけもなかった。

少なくとも今の自分の生活圏の中に、一緒にいて楽しい相手がいるとも思えない。

『さびしい女ですこと』

「うるさい。恋愛に夢を見ていないだけよ。アタシは現実的なの」

『むしろ理想が高すぎるだけじゃないですか？　レイユちゃんならイケメンでもお金持ちでも好きに選び放題なのに贅沢すぎ』

「スペックだけで幸せになれるなら苦労しないわよ。第一、出会った時から完璧な人なんて後は目減りするだけじゃない」

『……交際経験ゼロのくせに』

「ッ、恋愛なんて相性とタイミングの問題よ。あ、アタシだっていい人がいれば、すぐにでも付き合ってみせるし」

アタシは大きな声を出すのを我慢して、ちょっとだけ見栄を張る。

『へぇ～そうなんだぁ。じゃあ試しに大学時代のゼミの男子たちに連絡してみれば？　社会人になったわけだし誰かしらはマシになっているかも』

「それ無理」

『どうして？』

「……卒業後にそれぞれから告白されて断った。だから全員と既に音信不通」

アタシは嫌々ながら打ち明ける。

『高校時代から断った告白は数知れず。天条レイユの不沈艦伝説は社会人になっても更新中』

もはやギャグですねぇ、と親友は笑いを堪えるのに必死そうだった。

「アタシだって気の合う人がいたら好きになるってば」

そこに嘘はない。

せめてプライベートではフィーリングや価値観が合う人と無理なく付き合いたい。

どれだけ客観的な高評価よりも、自分にとって心地いい感覚を大切にしたかった。

『レイユちゃん。白馬の王子様が自分を好きになってくれる保証なんてないよ』

日夜合コンに精を出す親友は実に冷ややかだ。

二十歳を過ぎた大人が理想だけ追いかけても虚しいだけ、と諭すようにも聞こえた。

「それくらいわかっている。そもそも相手に左右される人生なんていらない。自分で幸せになるし、いっそアタシが相手を幸せにしてやるってば」

『男前。わたし、レイユちゃんが男だったら絶対逆プロポーズしていますよ』

「ずっと友達でいたいからお断り」

『また振られたぁ。わたしを振るなんてレイユちゃんくらいですよ』

昔から変わらぬやりとりに苦笑してしまう。

気心の知れた親友とのおしゃべりはいい息抜きだ。

『あのね、レイユちゃん。お仕事に一生懸命なのも結構だけど、忙しさを言い訳にするのとは別問題。少しは休んだり甘えることを覚えてほしいな』

羽根でなぞるような穏やかな声で痛いところに触れる。

「だからこうして電話をしているじゃない」

『わたし、早く恋に溺れているレイユちゃんのかわいい姿を見てみたいなぁ』

「ピンと来る人に出会えたら、喜んで恋愛相談させてもらう」

アタシだってそんな特別な人に会えるものなら早く会ってみたい。

『意外とすぐ近くにいたりして？　学校にいい人はいないの？』

明日の天気を聞くような気軽さで質問してきた。

「職場恋愛なんて絶対無理〜〜。仕事中に恋愛を持ちこむとかマジでありえない」

『そう？　近くに好きな人がいるなんて仕事にも張りが出るかも』

「気が散って集中できない」

『十代みたいなことを言って。これだから処女は』

「そこは関係ないでしょう！」

今度こそ大きな声を上げてしまう。

すると、ドタンと隣の部屋からなにかが落ちるような音が聞こえた。

大丈夫かな。

集合住宅ではちょっとしたことから厄介なトラブルに発展しかねない。

東京でのひとり暮らし、ご近所の付き合いは一切なかった。

それどころか隣人の顔も名前も知らない。

『レイユちゃん。相手は先生じゃなくて、いっそ生徒でもいいじゃない。将来性のありそうなイケメンをそのナイスバディーで悩殺すれば？』

「生徒と恋愛なんてできるわけないってば」

アタシは呆れるしかない。

毎日教室で生徒たちを眺めているからわかる。

どれだけ背格好は大人と変わらなくても、中身はまだ子どもだ。

『年下男子の情熱的で一途な想いにときめくかもですよ。世の中に絶対なんてないんだから』

「その前に学校をクビになるから」

『レイユちゃんって華やかな見た目だけど、根は超真面目だよねぇ。女の方も少しは積極的にならないと、ご縁があっても結ばれないよ』

じゃあお店に着くから、と最後に忠告を残して通話は終わった。

親友との電話で眠気は覚めた。

アタシは冷蔵庫からイチゴを取り出して一パックを食べる。

「おいしいけど、これは絶対に食べきれない」

幸いにも最近はろくに料理もできていないから冷蔵庫の空きスペースはある。そこに詰めこまれているイチゴのパックの残りを見て、アタシは決断した。

「うん、おすそわけしかないな。誰かにおいしく食べてもらう方がいいよね」

名残惜しい気持ちで数パックを百貨店の紙袋に詰めて、アタシは自分の部屋である１０３号室を出る。

「ま、恋愛じゃないけど少しは積極的になろうじゃないの」

意を決して隣の１０２号室のインターホンを押した。

隣の部屋から聞こえた声で目が覚めた拍子に、俺はそのまま床に転がり落ちた。

「痛っ……、なんだ?」

夕飯後、宿題である日本史のプリントを終えてベッドの端っこで横になっていたら、そのまま寝落ちしていたらしい。

尻をさすりながら、俺は隣の部屋と接している壁を思わず見た。

顔も名前も知らなかったが、先ほどの声から察するにどうやら若い女性らしい。

お隣さんはおそらく社会人か大学生なのだろう。朝が早く、帰宅も遅めなので高校生の俺とは生活リズムが違う。

おかげでアパートの外でニアミスしたことは一度もない。

ただしここの壁は比較的薄いため、彼女が朝早くにセットしている大ボリュームの目覚ましの音がよく聞こえる。おまけに何度も鳴るので、俺も自然と早起きになってしまった。

結果的に高校生のひとり暮らしでありながら遅刻は一度もない。

俺は寝直す前に明日の準備を済ませ、キッチンの食器を洗い終えたところで部屋のチャイムが鳴った。

「はーい。今出ます」

ドアスコープも確認もせずに鍵を開けた。

「はじめまして、夜遅くにすみません。隣の103号室に住む天条ですが、おすそわけに来ました」

「────ッ⁉」

突然、真昼になったみたいに視界が明るくなった気がした。

後光でも射しているのか。それほど眩しい美人が玄関先に立っており、俺は固まってしまう。

俺の部屋を訪ねてきたテンジョウと名乗る女性は極上の笑顔を浮かべながら、聞き取りやすいハキハキとした喋り方で用件を告げる。

お隣さんを名乗る髪の長い女性は若くて美しい人だった。

年齢は十代後半から二十代前半。

目鼻立ちのはっきりした上品な顔は小さく、お尻の下まで隠れるオーバーサイズのパーカーを着ていてなお手足がすらりと長い。白い太ももに思わず目を奪われる。足元はファーつきのサンダルという季節感のよくわからないものを履いていた。

カジュアルな格好ながらも、隠し切れない圧倒的な魅力。

まるでお人形のような優れた容貌は、明らかに一般人の範疇を超えていた。

モデルか女優をやっていても不思議ではない。

「あの、聞いてます？」

俺がぼんやりしているのを見かねたのか、彼女が心配そうに訊ねてきた。

「え？　えっと、お隣さん、なんですか？」

「はい、そうですよ。美味しいイチゴがあるんですが、貰っていただけませんか？」

彼女は百貨店の紙袋を開いて、中に入ったイチゴを見せる。

パックに入ったイチゴは瑞々しい赤色で宝石のように艶めいていた。

「これは確かに美味しそうですね」

「セールスとか勧誘じゃないので心配しないでください。驚かれたと思いますが、ひとりで食べきれないくらいのイチゴが届いてしまって困っているんです。イチゴ、お嫌いですか？」

彼女は丁寧に事情を説明する。

「いえ、俺も好きなので問題ないです」

「よかった、味はアタシが保証します！　甘くてジューシーだから、食べ出したら止まらないですよ！　受け取ってもらえると助かります。どうですか⁉」

どうも気持ちのままに身体も動いてしまうタイプらしい。

訊ねておきながら、お隣さんは一歩近づいて紙袋をこちらに差し出してきた。

動いた拍子に髪が揺れて、いい匂いが香ってくる。

「じゃあ、ありがたくいただきます」

俺は動揺を悟られないように、平気なふりをして受け取る。

「冷蔵庫に入れてなるべく早めに食べてくださいね」

「わかりまし——ん？」

緊張しながらも会話を続けているうちに、ふと気づく。

お隣さんから感じた匂いには覚えがあった。

香水……いや、シャンプーかな。

つい最近も嗅いだ気がする。というか、今日も昼間に同じ匂いを感じたぞ。

一体どこだ？

「あれ？」

緊張よりも好奇心が勝り、改めてその顔立ちをよく見る。

そして、彼女の正体に気づく。

平日は毎日のように学校の教室で眺めている人物のことが頭に浮かぶも、すぐにその可能性を否定する。

あの人がこんなところにいるはずがない。

そう思って瞬きを何度も繰り返す。

だが、目の前にいる女性が消えることはない。

他人の空似と考えるには、俺にとって心当たりのある女性は綺麗すぎた。

普段の大人っぽいイメージとあまりにもかけ離れたカジュアルな私服な上に、化粧を落として幼い印象だったからすぐに気づかなかった。

「どうかされました？」

「なんでここに⁉」

俺は驚いて、掴んだはずの紙袋を落としかけた。

彼女も同時に反応しており、その細い手が俺の手に重なる。

結果、ふたりでイチゴの入った紙袋の持ち手を掴んでいる状態になってしまう。

「す、すみません⁉　俺がちゃんと握っていないから」

「こちらこそごめんなさい！　アタシもいっぱい入れすぎていたので重かったですよね」

彼女は慌てて自分の胸元に手を引き寄せた。

気まずい沈黙が訪れる。

「どうぞ余計なお気遣いは不要でお願いします。では、夜分に失礼しました」

お隣さんは居たたまれなくなった様子で、逃げるように隣の部屋へ帰ろうとする。

その瞬間、俺は彼女の名前を呼んでいた。

「天条先生ですよね⁉　天条レイユさん」

急に自分の名前を呼ばれて、彼女はピタリと足を止める。

「あれ、アタシって名字しか名乗っていませんよね」

その声は一気に緊迫したものに変わっていた。

「聞き間違えたかな？　なんか先生とも言われたような……？」

彼女は油を差しそびれたロボットみたいにぎこちない動きで、ゆっくりと俺の方を振り返った。警戒するようにこちらを見つめる。

「先生のクラスの錦悠凪です。こんばんは」

俺は誤解を解くため慌ててフルネームで名乗る。

「ニシキユウナギ？」

彼女はカタコトになりながら俺の名前を復唱する。

「今教卓の前に座っている男子です。先生、わかりません？」

申し訳なさそうに自己紹介を加える。

すると彼女はぐっと顔を近づけてきた。

「あの、天条先生。なんか、近くないですか」

綺麗な顔が吐息もかかりそうな距離にあって戸惑ってしまう。

化粧を落としていようとも美人は美人である。

至近距離から大きな瞳でジッと見つめられて、俺は息をするのも躊躇われた。

「――ッ、錦悠凪!? え、錦くん!!」

俺の正体に気づいた先生がよろけるように飛び下がる。勢い余って、彼女のサンダルの片方が脱げてしまう。

「え、先生、サンダルが……」

「ひ、人違いですッ!!」

転がったサンダルに構わず、天条先生は自分の部屋に逃げこんだ。

どこにいても彼女の輝きが霞むことはない。

見惚れてしまう眩しい笑顔、息を呑むほど美しい容姿、元気をくれる明るい雰囲気。

そんな太陽のような美人を見間違えようもない。

おすそわけに部屋を訪ねてきたお隣さんは――俺の担任である天条レイユだ。

第一章　いきなりお家デート

「昨夜のお隣さんは、ほんとうに天条先生だったのか？」

翌朝。登校した俺は、自分の席で昨夜の出来事について改めて考える。

ひとり暮らしをしている男が無意識に抱えるさびしさが見せた幻影ではなかろうか。

まさか自分の担任教師がお隣に住んでいるなんて。

俺こと錦悠凪は都内にある進学校、私立輝陽高等学校に通う。

二年C組、出席番号は23番。帰宅部。生活費を出してくれている実の父親との約束で学業は真面目にやっているので成績は悪くない。休み時間に話すくらいの知り合いはいるが、親友と呼べるほど仲のいい相手もない。恋人ナシ。

そんな俺のクラスの担任こそが天条レイユその人だ。

「いや、でも手も触れたし」

重なり合った手の感触や体温は本物だった。

俺の部屋の冷蔵庫の中にも彼女の持ってきたおすそわけのイチゴが冷やしてある。

朝食に食べてみれば彼女の言葉通り、甘くてジューシーで美味しい。

玄関には去り際に落としていった女性物のサンダルを念のため回収しておいた。

履き物を忘れていくなんて、まるでシンデレラのお伽話みたいだ。

実際にお姫様と言われても俺は素直に納得してしまう。

天条レイユはそれくらい眩しいほどの美人なのだ。

とはいえ、俺が名乗るなりお隣のお姉さんは一目散に逃げ出した。

「交流のない隣に住んでいる男が自分の名前を知っていたら、そりゃ先生じゃなくても女の人なら恐くなって逃げ出すよな……」

一晩経って冷静に己の行いを振り返り、思わず苦笑い。

部屋や郵便受けには部屋の番号だけ。俺も先生も名前のわかる表札を出していない。

若い女性の反応としてはごく自然なものだ。

むしろ生徒と教師が偶然にもお隣さん同士になる確率の方が遥かに現実味は薄い。

「先生がお隣さんだなんて、そんなことあるか」

驚きながらも俺は少しだけ浮かれてしまっていた。

同じ屋根の下、壁一枚向こうに美人が住んでいるだけでドキドキしてしまう。

「みんな、おはよう！　今朝は晴れて気持ちいいね！」

朝のホームルームの時間になり、天条レイユが元気よく教室に現れた。

彼女はいつも通り明るい笑顔を浮かべながら教壇に立つ。

俺が座っているのは教室の中央列の最前席で、ちょうど教卓の真正面。

つまり、俺は先生の目の前に座っている。

一瞬、俺と目が合うも天条先生は爽やかな笑顔を崩すことはない。

昨晩プライベートで鉢合わせした生徒が目の前に座っているのは、かなりのプレッシャーを感じているはずなのに大したものだ。

クラス委員の号令後、テキパキと出席をとっていく。

天条先生は俺が入学した昨年、同じく新卒として輝陽高校にやってきた。

とんでもなく美人の新任教師が入ってきたとして当時から学校中の注目を集める。

はじめて彼女を見た時、アレが噂の天条先生だと一目で理解した。

間違いなく、今までの人生で出会った女性の中で一番に綺麗な人だ。

顔やスタイル、溢れる余裕や知性などすべてが超一級品。

あまりにも極上な女性は、まともに生きていても一生縁のないタイプ。

目の覚めるような美人という表現が真実なのを俺は天条レイユによって教えられた。

ただ、俺が彼女を気になるようになったのは外見のせいだけではない。

最初に魅了された瞬間のことは、今でも覚えている。

入学して間もないある日、たまたま日直だった俺は数学の先生から宿題のプリントを集めて職員室に運ぶ役目を任された。

職員室へ持っていくと、その数学の先生が見当たらない。
代わりにひとり、真剣な表情で机に向かっている先生に目を奪われた。
それが天条レイユだった。
職員室の中にも拘らず、その人の横顔に見惚れて動けなくなる。
自分と大して年齢の変わらない女性が真剣に働く姿がカッコよく見えた。
迂闊に声をかけるのも躊躇われるくらい没頭できることが羨ましい。
その本気さが尊かった。
俺自身、どちらかと言えば一生懸命になるのが苦手なタイプだから憧れてしまう。
そしてあれほどの美貌の持ち主でありながら、教職に就いたことが不思議だった。
たくさんの想いが次々に湧いて、興味が尽きない。
要するに、俺は天条レイユのがんばっている姿が愛おしいと感じていた。
『あれ、なにか用事?』
そんな俺の視線に気づいた彼女が顔を上げた。
声をかけられて、俺はどんな風に話したかが曖昧だ。
多分しどろもどろになりながら、なんとか用件を説明していた気がする。
天条先生は笑いながら『先生の席はそっちよ』と教えてもらった。
大して中身のない事務的な会話。

それでも俺にとっては初めてのふたりで話した瞬間だった。

以来、俺は憧れの対象のように天条レイユという先生が気になるようになる。

そんな若くて見目麗しい彼女が今年、二年C組の担任になると知った時はクラス全体が歓喜の渦に包まれた。もちろん俺もその中のひとりだ。

黙っていれば超絶美人、口を開けば気のいいお姉さん。

どうせ一年間受け持ってもらうなら恐い先生より天条先生がいい。

そして一学期最初の席替えにより、俺はこうして先生の正面に座ることになった。

「錦くん」

俺はできるだけ自然に「はい」と答える。

天条先生は動揺を見せず、そのまま次の生徒の名前を呼んだ。

いつも通り。特に異変は感じられない。気負っていたのは俺だけなのだろうか？

現時点ではわからない。

だから昨夜の一件が俺の勘違いかをハッキリさせるために、いくつか作戦を考えてきた。

作戦その1、天条先生をよく観察してみる。

色素の薄い長い髪は窓から射しこむ陽の光に透けて輝いて見える。内側から光るような色白の肌は瑞々しい。大きな宝石のように煌めく目と艶やかな小さな唇、鼻筋の通った高い鼻梁は小さな顔の中に、美の女神によって最良のバランスで配置されていた。

服装は白いブラウスに淡い水色のカーディガンを羽織り、タイトなロングスカートという組み合わせ。シンプルなアイテムで合わせたビジネスカジュアルな装いながら、知的な色気と爽やかな印象をあたえる。

水泳部の顧問をしており、背筋がしっかり伸びた立ち姿も絵になった。

天条レイユは教師なのにあまりにも華がありすぎる。

「じゃあ、今日も一日がんばろう！」

最後に連絡事項を伝えて、天条先生は何事もなかったように教室を去った。

はっ、見惚れているうちに朝のホームルームが終わっていた。

「うーん。昨夜は俺の見間違いだったのか？」

もしやお隣さんは先生ではなく、整った顔立ちをした別人なのかもしれない。

ほんの短い時間のやりとりだったから、ハッキリと天条レイユその人だという確信がなんだか揺らぎそうになる。

だが、俺の心は別人説を否定していた。

俺が唸っていると、遅刻してきた女子生徒・久宝院旭が机の前を通ろうとする。

遅刻してきた元陸上部エースは気の強そうな顔に眠たそうな目をしながら、口からチュッパチャプスの棒が飛び出している。堂々としているというより、ふてぶてしい。この学校にしてはちょっと珍しい不良っぽい雰囲気のある女の子で、密かに気になっている男子は多い。

「…………」

気づけば、通り過ぎるはずの久宝院が目の前で立ち止まっていた。

「おはよう、久宝院。今日も重役出勤だな」

「急に話しかけるな」

彼女は俺を眼光鋭く一瞥して、窓際にある自身の席へ足早に向かってしまう。

作戦その2、遠回しに探りを入れる。

四時間目は日本史の授業で、再び天条先生が教室に訪れる。

天条先生の担当科目である日本史は生徒の間でも評判が高い。

歴史上の出来事をわかりやすく説明するのはもちろん、たくさんの人物ひとりひとりを印象的に話すので名前が頭に入りやすい。流行りの歴史物コンテンツやニュースなどのやわらかい話題も交えてくれるので、歴史に興味のない人にも大変とっつきやすいのだ。

「…………錦くーん、手が止まっているよ。ちゃんと板書している？」

声をかけられて、自分のノートが真っ白なことに気づく。

席の立地を利用して、質問するタイミングを見計らっていたせいで手を動かすのが疎かになっていた。

「すぐに書くので消さないでください！」

この最前列の視界は、教壇に立つ教師と黒板でほぼ埋め尽くされる。

座席位置だけでなく、天条レイユが前にいる時はとりわけ手が止まりやすい。

彼女ならいつまでも飽きずに見ていられるからだ。

「一番前の席だと見づらいよね。ちょっとだけ待ってあげる。他にまだの人も急いで」

天条先生はいつものように息抜きタイムを設ける。

「レイユちゃん先生が美人すぎるから、特に男子は集中できないんだと思いまぁーす」

クラスで目立つ女子グループの中心人物である黛梨々花は、先生相手にも完全に友達と話すノリだった。

黛さんは絵に描いたような陽キャなギャルだ。

長い黒髪をツインテールに束ね、紫のインナーカラーを入れている。

その派手な見た目通り、テンションは高くノリが軽くて、裏表のない性格と物言いで友達が多い。クラス内ヒエラルキーの頂点にいながらも、彼女はなんでも面白がるオープンマインドな性質なので、クラスメイトのグループなどお構いなしに話しかけるおかげである。

リア充グループと話すのはもちろん、優等生グループから勉強を教わり、体育会系グループとは一緒に盛り上がり、アニメやゲームの話題はオタク系グループと熱弁を交わす。

朗報、オタクにやさしいギャルは実在したッ！

そんな黛さんがマジリスペクトな人が、我らが担任・天条レイユである。

黛さんと同じように女子生徒は天条先生の周りに休み時間や放課後にわんさと集まり、その美しさの秘訣を訊ね、色恋の相談をしていた。

「そんなことないよ。男子は勉強熱心でよく質問してくるし」

「レイユちゃん先生とお喋りしたいだけでしょ」

黛さんは笑顔で男子の慎ましい積極性を見抜く。

やめろ、口実がなければ話しかけられない男のチキンハートをバラさないでくれ。

俺は、図星な男子生徒たちが胸を押さえる気配を背中で感じた。

「共通の話題があると話はしやすくなるでしょう。勉強、恋愛、仕事、どんな場面でも会話は弾む方が楽しくていいじゃない」

誰も否定することのない言葉選びと説得力のある率直な言い方。

これこそ天条先生が男女を問わず人気を集める真の理由だろう。

「それで錦くん、もう書き終えた？」

思わず感心していた俺に対して先生が確かめてくる。

「すみません、まだです」

「もう、集中しなさい。こっちのこと見すぎ。なんか変なところでもある？」

先生は自分の身なりを確認する。その何気ない仕草でさえ色っぽい。

どうする、ここでいきなり昨夜の件を訊ねてみるか。

「…………」

「ちょっと、黙りこまないでよ。不安になるじゃない」

「いえ、なんでもありません。実は先生に見惚れてしまっていて」

俺のわざと冗談めかした発言に、クラス中がどっと笑う。

「ほらやっぱり」と黛さんの明るい声がよく響く。

冷静になれば、授業中に探りを入れるのは悪手だ。

ほんとうにお隣さんが先生だった場合、その事実がクラスメイトに知れ渡るのは俺にとっても先生にとっても不都合がある。

「きちんとメリハリをつけなさい」と慣れた様子で俺の言葉を軽く聞き流す。

「ただ、別のことで相談があります」

俺は手を動かしながらも、別の相談をぶつけてみることにした。

「どんな悩み？」

「実は、この席だと授業中に居眠りがしづらいんです」

「……錦くんっていい度胸しているね」

先生は吹き出していた。

言葉ほどに怒っている様子はない。

「先生の日本史の授業は面白いので起きてます」

「アタシの授業だけじゃなくて全教科で起きてなさい」

「睡眠時間の確保は重要なもので」

「そこは、ほんとうにそうだよねぇ」

えらく共感していた。

「先生、寝不足なんですか？」

「ほとんどの働く大人は睡眠時間が足りてないからね」

社会人を代表するように先生はぼやいた。

「大人も子どもも健康的な生活をしなきゃダメよ。睡眠、運動、食事、息抜きはどれも大切。そうでないと大切な判断を誤るかもしれない」

教室全体に呼びかけると、先生を好きなクラスメイトたちが行儀よく声を上げた。

「そういう話を聞くと、あんまり働きたくなくなりますね」

「ずっと高校生をやっているわけにもいかないでしょう」

「先生なら制服を着ても余裕でＪＫに見えます」

女子高生の制服を着た天条レイユを想像してみる。

うん、現役ＪＫと言われてもあっさり信じられるくらい滅茶苦茶似合っていた。

ヤバイ、ちょっと見てみたい。

「どんなフォローよ」

不機嫌そうな先生は前のめりになって、こちらの顔を覗きこんできた。

顔を近づけられて俺は目を伏せてしまう。

そして視線が逃げた先にはもっと刺激的な光景が待っていた。

はち切れそうなブラウスの下にあるたわわに実ったふたつの果実は圧倒的な存在感を示す。

バストの大きさはとても同級生たちでは敵わない。

あまりにも大人すぎる。

しかも屈んでいる本人は気づいていないが、先生の豊かな胸元は前傾により教卓の上に押しつけられたせいで、そのやわらかさと質量を一層強調していた。

刺激が強い。

「年齢を過度に気にしすぎないようにって意味です。人は誰しも己の中に幼い自分がいるものですから」

俺の誕生日は四月で、十七歳になった。先生はまだ二十三歳。

こうしてくだらない会話にも応じてくれるおかげで、あまり年齢差を感じない。

「現在進行形で十代の男の子に言われてもなぁ」

身体を起こすと揺れる胸部。うん、やはり高校生と称するには育ち過ぎだ。

「先生だって童心に返る瞬間ってありません？」

「たとえば？」

「子どもの頃から好きな食べ物を食べる時とか？　先生の好物ってなんですか？」

「イチゴかな」

訊かれるがまま天条先生は答える。

「あー奇遇ですね。俺もイチゴ好きです。ちょうど昨夜、お隣さんからおすそわけでイチゴを貰ったんですけど、それが凄い美味しかったんですよ」

俺は待ってましたとばかりに、昨夜の件を遠回しに匂わせてみた。

「――お喋りしすぎたね。はい、授業に戻るよ」

先生は物言いたげな顔で不自然にこの話題を切り上げて、板書の一部を消していく。

その反応は実に怪しかった。


作戦その3、シンデレラが落としたガラスの靴を返却。

日本史の授業での反応を見るに、隣人の正体はほぼ天条レイユで確定だろう。

その最後の一押しをするべく強硬手段に出る。

実は昨夜お隣さんが落としていったサンダルを学校まで持ってきていた。

昼休みになると、俺はそれを持参して職員室を訪れる。

「失礼します。天条先生、少しお時間いただけますでしょうか？」

「に、錦くんッ⁉」

天条先生は俺が現れて、椅子から転がり落ちそうになるほど驚いていた。

そして俺がサンダルを入れた袋が昨夜イチゴを入れた百貨店の紙袋だとすぐに気づく。

「生徒指導室、使います。錦くん、一緒に来なさい」

天条先生は硬い表情で俺の腕を引き、職員室の隣の生徒指導室に連れていかれる。

「どういうつもり？」

後ろ手でガチャリと鍵をかけてから、天条先生はこちらを睨んでくる。

「なにがです？」

「アタシを脅す気？」

声を殺しながら怒ってくる。

「脅すなんてって大げさな。俺は忘れ物を返しに来ただけです。そのついでにお隣さんが先生なのか確かめようと」

部屋の中央に置かれた長机を挟むように置かれた椅子の一方へ先に座る。

「家のドアノブにぶら下げておけばいいでしょう！　なんで学校まで持ってくるのよ⁉」

「じゃあ、お隣さんは天条先生なんですね」

俺が改めて確認すると、先生は「あ⁉」と息を呑んだ。

やはり俺の見間違いではなかった。

「君ってば大人しそうな印象だけど、意外と大胆なのね。びっくり」

「ご迷惑なのは承知しています。だけど、サンダルが片方しかないのも不便でしょう？」

「そういう問題じゃないってば」

動揺を隠しきれない先生は、教室で見せる大人の余裕は微塵もない。

「いやいや、実際俺たちは大問題に直面しているんですよ。あの、先生が昨夜逃げたってことは自分の正体を誤魔化しておきたいんですよね？」

「……当然じゃない」

なにを今さらとばかりに先生は両腕を組む。

「秘密にしておきたい事情はわかります。だけど冷静に考えてください。毎日隣にいる先生を気にしながら卒業まで過ごすのは正直しんどいです」

さすがに壁一枚向こうに自分の担任がいる生活なんて、交流がゼロでも落ち着かない。

「それは、アタシもだけど」

「知ってしまった以上はお隣さん同士、プライバシーを守るためにも最低限の話し合いはするべきです。先生だって恋人がお泊りした翌日に、俺とうっかり顔を合わせたら気まずいでしょう？」

俺としても、そんな場面に遭遇するのは嫌だ。モヤモヤしてしまう。

「彼氏なんていないからッ！」

先生はなぜか耳まで赤くしていた。

不都合な一例を示したつもりが、思った以上の反応だった。

「あ、そうなんですね」

正直興味はあったが、これ以上詮索するのは失礼にあたると思いさらりと流す。

が、先生の恋人がいないという事実に俺は安心していた。

「シンデレラの王子様じゃあるまいし、まさか探し当てる人が現実にいるなんて」

天条先生は諦めたように、反対側の席に着く。

「それで先生、具体的なことですが」

「焦らないで」

ステイ、と言わんばかりに手を突き出す。

「――ここは学校だからプライベートの話は学校の外でさせて」

仕事とプライベートは完全に別、という潔い態度でキッパリ線引きをする。

「わかりました。じゃあいつにします？　俺が先生の予定に合わせます」

俺としてはできるだけ早く状況整理したいが、先生は仕事も忙しいだろうしデートのお誘いも引く手あまただろう。

「えーっとね……、そうだなぁ、いつがいいかな」

先生の歯切れが悪い。

「……もしかして、また逃げようとしてません？」

「そんなことは」

図星のようで露骨に目を逸らされた。

「見苦しいですよ。覚悟を決めてください」

「わかったわよ、行けばいいんでしょう！　上等よ！　今晩そっちに行く！　その代わり残業で遅くなるから、それは許してよね」

そんな気合いを入れるほどのことなのだろうか。

「来てくれれば大丈夫です。俺はひとり暮らしなので、いくらでも融通ききますから」

「え、高校生でひとり暮らしなの⁉」

俺が頷くと、先生はますます険しい顔になる。

「あの、まさかとは思いますけど、男のひとり暮らしする部屋に上がるのが問題でも？」

「教師と生徒なのよ！　そんなこと意識するわけないでしょう！」

食い気味に否定された。

そりゃ教え子である俺を男扱いするはずもないか。

「ここは考え方も変えましょう。先生はたまたま近所に住む教え子の相談に乗るだけです」

「相談って？」

「天条先生、実はお隣さんとの距離感に悩んでいます。どうか力を貸してください」

俺は深刻な顔つきで打ち明けてみる。

「オーケー、アタシはあくまでも生徒の相談に乗っているだけ。そう、臨時の家庭訪問みたいなものよ！」

天条先生は自分自身を納得させるように念を押していた。

「いいわ。とにかく今夜ハッキリさせましょう」

「わかりました。では、サンダルだけ先にお返ししておきます」

俺は恭しく紙袋を差し出す。

「一応ありがとう」

最後にきちんと礼を述べるあたり、律儀な人だ。

俺のお隣さんは天条レイユで確定した。

俺は学校から帰宅して部屋の片づけを軽くしてから、夕飯作りに取りかかる。

今夜の献立はカレーライス、付け合わせにサラダとスープ。

料理が完成した頃、ちょうど部屋のインターホンが鳴った。

玄関に向かって、小さく深呼吸してからゆっくりと扉の鍵を開けた。

天条先生はやや硬い表情でそこに立っていた。

「こんばんは、錦くん」

「こんばんは。先生」

俺はできるだけ自然体を装う。

「遅くなってごめんなさい」

「いえ、お気になさらず。……なんか緊張してません？」

学校での自信に満ちた姿は鳴りを潜め、どこかぎこちない様子だ。

「えッ⁉　そ、そんなことないよ。ふつうだから！」

両手を振りながら慌てて否定する。

「夜の家庭訪問、落ち着きませんか？」

「妙に含みのある言い方をするな」

彼女は唇を尖らせた。

「まず確認ッ！　君のドッキリとかタチの悪いイタズラじゃないよね？」

俺の戯言を無視して、本人もくどいと承知しつつも慎重な顔つきで訊ねてくる。

「正真正銘、この102号室が俺の住んでいる部屋です」

「アタシは103号室。じゃあ、つまり……」

「間違いなく俺たちはお隣同士です」

俺が結論を口にすると、天条先生は頭を抱えていた。

「生徒が隣に住んでいるなんてミラクルすぎるでしょう！」

天条先生は泣きそうな声で叫ぶ。

「いやーこんなことあるんですね」

奇跡のような偶然に笑うしかなかった。

「笑いごとじゃないってば！　どうしよう⁉」

「だから話すために来たんでしょう」

「錦くんは、その、なんでそんなにふつうなの？」

俺との温度差に、先生はどこか不満げだ。

ムスっとした顔をしていてもかわいらしい印象を抱かせた。

年上なのに愛らしい。

「そりゃ自分の担任がお隣さんってことには驚いてますけど、男としてはご近所に美人がいてラッキーとも思ってます」

俺は正直に答える。

「お気楽だなぁ」

「いやいや、確信がなかったから昼間はずっと観察してたんです」

「君、アタシのことを見すぎ！　内心ずっとヒヤヒヤだったのよ」

ぜんぜんそんな風には見えなかった。

「ちゃんと仕事モードを保てるなんて立派ですね。そういうの、カッコイイと思います」

「錦くんって口が達者だよね」

「いい感想はできるだけ本人に直接伝えるようにって母親から厳しく教えられたので」

「いいね。その考え方にはアタシも賛成」

共感できるポイントを見つけられて、天条先生の表情は先ほどよりもほぐれていた。

「……少しは緊張がとれたみたいですね」

「もしかして、わざとアタシをからかっていたの？」

「年上の人に砕けた話し方をするのってヒヤヒヤします」

俺は軽く肩をすくめた。

「情けない。子どもに気を遣われるなんて、アタシも未熟だな」

先生はため息をつく。

気だるそうに呆れる表情はどこか色っぽくさえあった。

「それで、君はいつからここに住んでいるの？」と切り替えて、話を先に進めようとする。

「高校入学から。一年以上も前からここで暮らしてます」

「アタシも就職が決まってからこのアパートに越してきた」

「まぁ通学を考えて部屋を借りるなら、これくらいのエリアになりますよね」

「それにしたって最寄り駅だけじゃなくてアパートまで同じなんて。今までニアミスしなかったのが不思議なくらい」

「まったくです」

俺は激しく同意する。

「アタシ的には君の卒業まで気づかないままがよかったなぁ」

「けど、知った以上は無視できない。だから来てくれたんですよね？」

「君の言うことも一理あったから」

天条先生が諦めたように言ったところで——腹の虫が鳴った。

今の音は俺ではない。ハッとした先生は、照れくさそうにお腹を押さえる。

「とりあえず立ち話もあれなので、うちでメシでも食べながら話しません？」

いくら春先とはいえ夜はまだ冷える。風邪でも引いたら大変だ。

「え、でも」

天条先生が迷うのはもっともだ。

俺が逆の立場でも即答はしかねる。

ただ、男の俺が女性である先生の部屋に上がりこむよりはマシだろう。

「今日の夕飯はカレーなんです。嫌いですか、カレー？」

「カレーは、大好きだけど……」

「いっぱい作ったので遠慮しないでください。お腹が減ったままでは落ち着いて話もできないですし」

「それでも、やっぱり悪いよ」

「イチゴのお返しと思ってくれれば」

「お礼はいいって言ったよ」

先生も頭では話し合いの必要性をわかっているから、ハッキリとは断らない。ただ心理的なハードルが高いのも当然だ。

「先に言っておきますが、俺の希望はこれまで通りの平穏な生活です。先生を脅してどうにかするみたいなゲスな考えは最初からありませんので安心してください」

俺は彼女の抵抗を軽くさせるべく、己の安全を証明する。

「ほんとうにぃ〜?」

疑いの眼差しを向けられる。

「指一本触れません」

俺は即答する。

そりゃ俺も男だ。

女性が自分の部屋に上がることがあれば、甘い展開を期待していないと言えば嘘になる。

が、そんな押しの強さもないし、いざそうなった時に上手くできる自信もない。

ただ夢くらい見てもバチは当たらないだろう。

「わかった。君のことは信用している」

天条レイユはようやく警戒を解き、飾らない笑顔を見せてくれた。

「――――」

至近距離からの満面の笑みはとんでもない威力だ。

胸がキュンとする。

眩しくて直視していられず、俺は緩みそうになる口元を手で隠しながら横を向いた。

「じゃあ、どうぞ中に入ってください」

「……………お邪魔、します」

先生もおずおずと玄関に入り、ぎこちない様子で靴を脱いだ。

俺の部屋に天条レイユがやってきた。


「へぇ、綺麗にしているんだね。玄関や廊下にもほこりひとつないなんて偉い！」

天条先生は興味深そうに観察していた。

「手狭なワンルームの部屋で恐縮ですが」

「お隣さんなので存じています。間取りもまったく一緒だね」

「そうなんですか」

自分の生活空間に若い女性がいるだけでドキドキしてしまう。

「こんな部屋が片づいているのは、いつでも女の子を呼べるようにしておくため？」

先生は含みのある言い方をする。

「残念ながら家に呼べるような女の子はいません」

「へぇ。錦くんなら彼女いそうなのに」

「恋人がいたらさすがに他の女性を家には上げませんよ」

「お、紳士で偉い。君の彼女になれる女の子は安心ね」

俺は廊下にあるキッチンに立ち、先生の分の夕飯を準備する。

「先生は適当に座っていてください」

「なにか手伝うよ」

先生は所在なさそうに部屋と廊下との境目にとどまっていた。

「盛りつけるだけなので特には。あ、カレーやごはんの量に希望あります？」

「じゃあ大も――、いや、やっぱりふつうで」

乙女の恥じらいか大人の遠慮か。

大盛と口走りかけておいて訂正する。

「わかりました。大盛りですね」

本心を察して皿を取り出し、炊飯器の蓋を開ける。

「人間動いた分はエネルギー補給が必要なのよ！　放課後はみっちり水泳部の指導をしてから、なにも食べてないんだもの」

夜の九時も回れば空腹になるのは当然なのだが、先生の口ぶりから察するに自身もしっかりと泳いでいるようだ。

「顧問ってそんなに泳ぐものなんですか？」

てっきりプールサイドに立って、泳ぎ方を指導したり安全に気を配るなど監督業務がメインだと思っていた。手本を見せるために自分でも泳ぐのだろうか。

「アタシ自身が泳ぐのが好きっていうのもあるかな。おかげで体型維持もできているし」

彼女は得意顔で自らのスタイルを誇示するように腰に手を当てた。

本人の言葉通り、すらりとしながらも起伏のある女性的な美しい曲線が強調される。

「先生はいつも夕飯どうしているんですか？」

お皿の上に白米をこんもりと盛りつける。

「できれば毎日自炊したいんだけど、最近は外食か買ってきて済ませている」

「社会人が平日に家事をこなすのは難しいですよね」

「家と職場を行き来するだけの生活にうんざりな上に、家事の行き届かない部屋にいると余計に心が荒んでいく」

天条先生は綺麗好きなのだろう。

そんな人がここまで嘆くということは現状かなり追い詰められているようだ。

「家って放っておいても汚れますけど、勝手に片づくことはありえないですからね」

「それ！　特に限界社会人には時間がなさすぎる」

働く大人は時間のなさを心底嘆く。

「息抜きちゃんとできていますか？　週末は遊びに行くとか趣味に打ちこむとか」

「お休みの日は体力回復するのが精一杯……」

そう語る先生の目は虚ろだ。

「寝るって三大欲求のひとつですけど」

俺はなんだか心配になる。

そういえば今日の日本史の授業でも、睡眠不足の話が出た時に先生はえらく共感していた。

「今の時代、社会全体がブラックなのよ。寝ることがもはや最高の贅沢かもしれない」

死んだ目でひきつった笑いを浮かべた後、先生は我に返った。

「――って、生徒相手に愚痴ってどうするんだか。ごめーん、ぜんぶ聞き流して」

もう手遅れです。

俺がこれまで知っていた昼間の天条レイユは美しく自信に満ち溢れ、笑顔の絶えない明るい人。多くのことに生まれた時から恵まれて、満たされて、愛されて、輝かしい人生を送っているのだと思いこんでいた。

だが、先生みたいな美人にも人並みの悩みがある。

そんな当たり前の事実に気づき、憧れの存在が少しだけ身近に感じられるようになった。

「せめて食欲くらいは思う存分満たしてください」

鍋からカレールーをよそい、たっぷりとご飯にかける。

お皿のふちにたれてしまったカレールーを綺麗な布で拭き取り、お盆に乗せた。

「どうぞ、先生のカレーです。サラダとスープもテーブルに運んでもらえますか？」

「わぉ、美味しそう。付け合わせまでバッチリだ」

夕飯一式を乗せたお盆を任せされて、テンションが上がっていた。

俺も自分のカレーを盛りつけて、テーブルに持っていく。

「準備ありがとう。錦くん」

そう礼を述べる先生はクッションの上に座りこんでいた。

「………」

その光景をまじまじと眺めてしまう。

天条先生のような美人が俺の部屋で食事をするなんて、あまりにも非日常的すぎた。

「錦くん、どうしたの？　早く座れば」

呼びかけられて、俺も座った。

「お待たせしました。どうぞ召し上がってください」

「では、いただきます」

先生は手を合わせてから、行儀よく料理に手をつける。

俺は先生の反応が気になって、その様子を思わず見つめてしまう。

緊張の一瞬だ。

「……錦くん」

「なんでしょう？」

「見すぎ」

「え？」

「あんまり見られると食べづらい」

「す、すみません。自分の料理を家族以外に食べてもらう経験ってあまりないので」

「大丈夫。君の料理の腕はこの丁寧な盛りつけ方を見ればわかるよ」

太鼓判を押すようにニコリと笑みを浮かべる。

そして、先生は最初の一口を頬張る。

「――――あ」

小さな声を漏らし、彼女は目を見開く。

彼女の唇が一瞬、かすかにへの字に歪んだ。

小さく顎を動かしながら、じっくりと堪能するように味わっていく。

はじめての食べ物を口にした赤ん坊みたいな反応に似ていた。

ゆっくりと飲みこむとスプーンを持ったまま動かず、お皿のカレーを見つめたまま固まってしまった。

謎の緊迫感に俺も動けない。

先生のこの反応は一体なんなんだ？

不味かったのか？　食材に火が通ってなかったとか？　いや、カレーは何度も作ってきたから間違えるはずもない。あるいは市販の中辛のカレールーが先生には辛すぎたのか。だが麦茶のコップに手を伸ばすような素振りもない。

「あの、お口に合わないなら吐き出していいですよ。洗面所はあっちです」

万が一のことがあってもいいように麦茶のコップとティッシュの箱を両方差し出そうとした時、先生がようやく口を開く。

「めっちゃ美味しいよ。錦くん天才！　これならいくらでも食べちゃう！」

弾ける笑顔で俺を褒めたたえるように肩を叩いてきた。

「味わいすぎでしょう」と俺は胸を撫で下ろす。

「一口目の感動をしっかり堪能したかったのよ」

そのまま上機嫌でパクパクとカレーを頬張る姿は、作った側としても嬉しいものだ。

「口に合ってよかったです」

　気に入ってもらえて、俺もようやく自分のカレーに手をつける。

「毎日食べたい家庭の味すぎる。錦くんの奥さんになる人は幸せだねぇ」

　テンションの上がっている先生は調子に乗って、そんなことを言う。

「先生なら毎日でも食べられるじゃないですか」

「おいおい、アタシを口説いているつもりかい？」

　大人のお姉さんはからかうように片目を瞑る。

「単にご近所だから食べようと思えばいつでも来れるって意味ですよ。天条先生を口説くなんて畏れ多い」

　俺は誤解されないように補足した。

「アハハ、冗談だよ。こんな年上、興味もないでしょう」

　ありえないとばかりに笑い飛ばしながら先生はカレーを食べ続ける。

「別にそんなことはないですけど」

「へ？」

「天条先生のこと、俺の好みにド真ん中でストライクです。好きですし、付き合えるものなら喜んで付き合いますよ」

　思い切って、包み隠さず打ち明けた。

「な、なにを真顔で口走っているのよ⁉」

先生は驚きを通り越して慄いていた。

「下手に好意を隠そうとして挙動不審になるより、最初から意識しているって伝えた方が誤解も少ないでしょう」

恋愛の駆け引きができるほどの経験はない。

恐いけど、せめて勘違いをされないように正直でいようと決めた。

「ありがとう。アタシも教え子として君のことは好きよ」

「俺たち、どうやら両想いみたいですね」

「はいはい」

「別に異性として好きになってもいいですから」

「ありえないってば」

「気持ちが変わる日を待ってます」

「積極的か⁉」

「嘘ではないですから」

「……アタシも錦くんの味つけが好きなのもほんとうだよ。お世辞じゃないから」

先生のフォローがなんだかおかしかった。

「今はそれで満足しておきます」

「グイグイ来るなぁ」

「俺は忘れ物をわざわざ届けて、食事に誘うような男ですよ。まんまとお家デートに持ちこまれましたね」

「わぁーそれだけ聞くとすっごく遊び人っぽい」

俺の開き直りに、先生はツボにハマっていた。

「なので、先生もどうぞ遠慮なくカレーをお代わりしてください」

「いいの？　じゃあ甘えちゃおう」

お皿に残っていたカレーをさっと平らげる。

「おかわりの量はどうします？」

「ごはんはふつう盛り、ルーはちょっと多めでお願い」

今度は素直に希望を伝えてくれた。

そうやって無邪気におねだりする顔もかわいかった。

「あー美味しかった。しばらく動けない」

先生はベッドに身体を預けてリラックスしていた。

遅めの夕食を終え、お腹がいっぱいになって部屋の中はまったりとした空気になる。

「温かいお茶でも淹れてきましょうか？」

「至れり尽くせり。サービスのいいホテルにでも来た気分だね」

「部屋の間取りは隣と変わらないのに」

　過分な表現に俺は笑ってしまう。

「家主が違うと居心地も変わるものなのよ。ただ、こんなに寛げるなんて予想外」

「どうぞ好きなだけ休んでください」

「君は人をダメにするタイプの甘やかし方をするね」

「そんなつもりはないですけど」

「うん。そうやって自然体でやってくれるから、アタシも気兼ねせずにいられるんだと思う。

こんな風にリラックスできたのは、ずいぶんと久しぶり」

　先生はとても眠そうだった。

「俺、先生の新しい一面を知ることができて嬉しかったです」

「幻滅したんじゃなくて？」

「まったく。好感度が上がりまくりです」

「アハハ。完璧な人間なら、お隣の生徒におすそわけなんてミスしないだろうね」

「ミスじゃなくて、そういうご縁だったのかもしれませんよ」

「ご近所さん同士、助け合うみたいな？　クラシカルな関係性だね」

「避け合うよりは楽です」

「ふふ、生徒のやさしさが身に沁みるな」

「先生。一週間お疲れさまでした」

「――」

俺の何気ない一言に、彼女はふいに言葉を途切れさせた。

会話の切れ目だと思い、俺は空いた皿をまとめてからキッチンに運ぼうとして――固まる。

「……先生、大丈夫ですか」

俺はそっと声をかける。

「なにが？」

先生本人はまだ自身の異変に気づいていない。

「涙、出てますけど」

俺は言葉にするのに戸惑いながらも指摘する。

天条レイユの滑らかな白い頬に、音もなく涙の雫がこぼれ落ちていく。

どこか儚げな表情のまま、両目から涙がとめどなく溢れている。

「アタシ泣いているの……？」

先生は俺の言葉でようやく自分が泣いていることに気づいた。

「あれ、なんで？　変なの」

指で頬を拭いながらも、大粒の涙は今もポロポロと流れていた。

俺は枕元のティッシュ箱をとると、彼女の横に行って手渡す。

ごめんねぇ、と先生はぎこちなく笑顔をつくって無理に誤魔化そうとしていた。

ぐすっと鼻を鳴らして何枚ものティッシュで目元を拭っても、彼女の涙は止まらない。

身体の反応に感情が追いついていない。そんな感じだ。

むしろ涙を流していることを自覚した途端、嗚咽は号泣へと変わっていく。

先生は人前で泣いてしまった恥ずかしさや止まらない涙への混乱でとても苦しそうだった。

「〰〰あぁ、情けないぞアタシ！」

無理して気合いを入れるように、自分に活を入れる。

涙よ引っこめ、と天井を見上げながらも透明な雫が彼女の細い首筋をつたう。

「泣きたい時は泣いた方がいいですよ」

女性の泣き顔を見てしまった罪悪感を脇に置いて、俺はそう語りかける。

「ごべん」

もはや言葉さえも涙で滲んでいた。

「謝ることはないです。我慢するのはしんどいですから」

「だけどアタシ、大人だし」

教え子の前で号泣している姿を見られたくないらしく、両腕で顔を隠そうとする。

「大人が泣いちゃいけない法律なんてありませんよ」

すると俺の言葉でまた泣いてしまう。

「あの、俺になにかできることはありますか？　今さらカッコつけることもないですし」

どうしようもなく放っておけない。自然とそんな気持ちが湧きあがる。

「ぜんぶ、内緒にできる？」

彼女は恐々と問いかけてくる。

「はい。ここだけの秘密です」

「じゃあ、頭を撫でて」

かわいらしい希望もあって、年上の彼女がなんだか幼い少女に見えた。

「わかりました」

そのおかげで、自分でも大胆なことに彼女に手を伸ばせた。

手のひらに艶やかな髪の感触を感じながら、慰めるようにそっと頭を撫でる。

「ほんとうに撫でた」

「落ち着かないなら離れます」

「そうは言っていない」

「楽になるまで好きにしてください」

「――――、ッ」

天条レイユは素直に俺の手を受け入れる。細い肩を震わせると、耐え切れなくなったように俺の肩に額を押しつけた。そのまま顔を隠すようにすすり泣く。

俺たちはお互いにぎこちなく寄り添う。

そうして涙が止まるまで俺は黙って彼女の頭を撫で続けた。

「錦くん、お待たせ。もう入っていいよ」

先生の呼びかけで、廊下に出ていた俺は部屋に戻る。

涙は止まっても彼女が落ち着くまで、しばらく席を外していた。

「新しいお茶を淹れたので、もしよかったら」

「あ。嬉しい」

泣き疲れたせいで反応がずいぶんと大人しい。

天条先生の目元は真っ赤。近くのごみ箱はティッシュでいっぱいだった。

温かいお茶の入ったマグカップを両手で包み、ふぅふぅと冷ます。

俺も横で座ってお茶を飲みながら、先生が話し出すのを静かに待った。

「先ほどはお見苦しいところを見せました。お願い、ぜんぶ忘れて」

しばらくして彼女は口を開いた。

「先生が俺の部屋にいること自体が秘密なので誰にも言えませんよ」

疑われても困るから言わないし、どうせ言ったところで誰も信じない。

「そうだよね。あーここの会話が内緒でよかった。さっきは我ながらどうかしてたよー」

先生はわざとらしく明るい声を出す。

だが、泣いていたせいで声が嗄れてしまっている。空元気なのがバレバレ。

「質問いいですか？」

「どうぞ」

「なんで泣いたんです？」

俺は単刀直入に問う。

「知りたいの？」

「もちろん。先生のことなら、なんでも知りたいです」

「それはちょっと意味が違うような」

「説明してもらわないと俺の高校生活で一番の思い出が、自宅で泣いた先生の頭を撫でたことになるので」

俺は先生がスルーしようとしている部分をあえて蒸し返す。

「あれはノーカン！　ノーカンよ！　忘れて！　弱っていたところでつい甘えちゃったみたいな！　自分でも迂闊だったと思うけど、どうしようもなくて！　深い意味っていうか、別に君に対して特別な感情があるわけではなくて……ッ⁉」

しどろもどろになりながら必死に言い訳をする。

「俺の方こそ不快な思いにさせたなら申し訳ありませんでした」

「錦くん……」

「許してくれるなら、おあいこってことで勘弁してくれません？」

俺からお願いする形で落としどころを示す。

彼女は同意する代わりに、自分が泣いた理由を語りはじめる。

「君が廊下で待っている間に、どうして泣いたのか考えてみたの」

「答えは出ました？」

「君の食事で感動したから」

「茶化さないでください」

「ほんとうだよ」

先生は囁くように打ち明ける。

「……誰かの手料理って久しぶりだったの」

「はぁ」

俺が要領を得ないでいると、先生はさらに言葉を続ける。

「ほら、外でプロが作るカレーも美味しいけど、家の手作りカレーとはまた別物じゃない」

「そりゃ素材や設備、技術も違いますからね」

「うん。でも、今のアタシには君の手料理がなんかすごくホッとしたの。それで、気づいたら涙が止まらなくなっていた」

先生はどこか晴れ晴れとした表情だった。

「君の手料理はアタシにとってやさしかったんだ。ふつうの人が作ってくれた飾らない食事が温かくて、嬉しくて、どんどん気が緩んじゃったみたい。それで君から言われた『お疲れ様』がトドメになった。がんばった自分を誰かに認めてほしかったんだよ」

先生は照れくさそうに打ち明けた。

「ずっと気が張ってたんですね」

ひとり暮らしを始めると、惰性や礼儀ではない労いの言葉をかけられる機会が少ない。

それは俺も実感としてわかる。

「仕事も二年目になって、やることが増えて、自分で判断しなきゃいけない場面も一気に多くなったの。だけど経験不足だから要領も悪いし、結構しんどい時も多いんだ」

はじめてクラス担任を任されて、生徒側から見えない緊張や苦労が色々とあったようだ。

大人といっても、天条レイユは二十代前半。

つい忘れそうになるが、教師になって一年しか経っていない。

ましてや社会人としてはまだ新人の域なのだ。

誰も最初から完璧にはできない。

「一生懸命やれば疲れるのも当然です」

俺は一年前、はじめて職員室で先生を見た光景を思い出す。

「うん。自分でもこんなに余裕がなくなっていたなんてビックリした」

「先生は立派にやってますよ」

水面を優雅に進む白鳥も、水中では必死に足ヒレを動かしている。

それを悟られないように澄ました表情を貫き通す。

「そうかな？」

「情けないことに、先生が泣くほどしんどいなんて気づきもしませんでしたから」

「君にはマズイところを見られたなぁ」

強張った顔が緩んだ。

「今さらマズイことのひとつやふたつが増えたくらいで変わりません」

「弱みを握ったからって脅さないでよ」

「悪くないですね。サボって留年しそうになったら、そうさせてもらいます」

「その前に、毎朝一緒に学校に連れて行ってやる」

先生は悪い笑顔を浮かべた。

「手厚いサービスすぎません？　学校の外まで先生をやることないのに」

「知った以上は放っておけないから」

「お隣さん同士って都合が悪いですね。簡単に学校もサボれない」

「君はそういうタイプじゃないでしょう」

くだらない茶番の末、俺と先生は同じタイミングで吹き出した。

笑い合って部屋の空気が軽くなる。

「あー家に帰ってから話し相手がいるのってありがたいな」と先生はしみじみと呟く。

「俺も誰かと家で夕飯を食べるのは久しぶりでした」

段々と調子が戻ってきた先生は、そのまま愚痴を漏らす。

「自分の仕事以外に新人だからって雑務をガンガン振られるし、部活の指導後に残業しているから最近は定時帰りなんて滅多にないの」

「帰りが遅いなら、家事なんて無理ですよね」

俺は頷く。

自分自身、帰宅部だから放課後の時間を家事にあてているだけだ。部活や委員会、習い事やアルバイトをしていたら、夕飯はコンビニや外食で済ませるしかなくなる。

「そう！　その通り！　家に帰るので精一杯。おまけに誰もいない暗い部屋には、おかえりを言ってくれる人もいない。あれが結構さびしい！」

「独り言とか無駄に増えますよね」

ひとり暮らしあるある話に共感しかない。

「あれは虚無よ、虚無。心の闇が生み出している。そうやって平日は家に寝に帰るだけの生活。休日も疲れを癒すために昼まで寝ちゃって、たまっていた家事を片づけているうちに日が暮れて、気づいたら月曜日に戻っちゃう」

呪詛を紡ぐかのように日頃の鬱憤をぶちまける。

どうやら俺の想像以上に、先生は社会人としてギリギリだった。

「お疲れ様です……」

もはやそれしか語りかける言葉はない。

「おかげでQOLが絶賛ダダ下がりで、今にも死にそうよ！」

笑いたくば笑え、と先生は投げやりだ。

「そんなキツイなら、教師を辞めたいとは思わないんですか？」

「まさか。まだ卒業生すら送り出せてないのよ。簡単に辞められるもんですか」

それでも瞳には再び真っ直ぐな光が宿っていた。

きっと本心からの言葉だと思う。

そんな風に自分の理想に向かってがんばれる人はやっぱり眩しかった。

そうして先生のおすそわけであるイチゴを食べつつ俺たちは他愛もない話をしながら時間が過ぎていく。

飲み終えていた緑茶のお代わりを淹れ直しにキッチンへ立つ。

お湯が沸くのを待ちながら、この後に本題を切り出すことに決めた。

俺と天条先生がお隣さん同士であることで起こりえるトラブルを回避し、プライバシーを守りつつ学校生活を円滑に送るためにもいくつかのルールを定めるべきだ。

というか俺にとって必要だ。

このままでは男として自制心がきかなくなりそうになる。

俺はどうしようもなく緊張して、同じくらいやっぱり浮かれていた。

「我ながら、なんと大胆な」

いくら泣いていたとはいえ年上女性の頭を撫でるなんてッ！　担任教師だぞ！　お隣さんだぞ！

しかも相手はあの天条レイユだぞ！

こうして廊下でひとりになった途端、声を出さずに悶絶していた。

新しいお茶の準備ができた。俺は気合いを入れ直してから、部屋に戻る。

「……マジかよ」

先生は小さく寝息を立てていた。

ベッドに寄りかかった彼女はぐっすりと眠っている。

「一日働いた後にたらふく食べて大泣きすれば、そりゃ眠くもなるか」

スヤスヤと無防備な表情を晒す。

女性の寝顔を盗み見ているみたいで少々気が引けるが、ここは俺の部屋だ。

勝手に寝落ちした方が悪い。

テーブルにそっとお茶を置いて、しばらく天条レイユの寝顔を眺める。

「寝顔でもかわいいんだからズルいよな」

見惚れてしまうほど綺麗だった。

リラックスして幸せそうだ。楽しい夢でも見ているのだろうか。

「しかし男の部屋で寝落ちするとか無警戒すぎないか」

逆に心配になってしまう。

「ほんとうに先生にとって生徒は恋愛対象外なんだな」

小さく傷つきながらも、この後どうすればいいのだろうかと悩む。

今日はずっと先生のことを考えてばかりだ。

「……無理に起こすのもかわいそうだし、しばらくそっとしておくか」

そのうちに目が覚めるはずだ。

先に洗い物でもしておこう。終わった頃には起きて隣の部屋に戻るだろう。

俺はそう思っていた。

幕間一　生徒の部屋で一泊

「ん～よく寝たぁ」

　スイッチが切り替わるみたいに、パッチリと目が覚めた。

　普段はスマホのアラームを何度も鳴らして、泥のような眠りから意識を引き上げ、ゾンビのようにベッドから這い出る起床ばかりだ。

　久しぶりによく眠れた。いつもより身体の感覚が軽いし、頭もスッキリしている。

　こんなに気持ちのいい寝起きはいつぶりだろう。

　毎日これなら最高なのに。

　ベッドの中でぐ～っと伸びをしてから、スマホで時刻を確認しようと枕元に手を伸ばす。

「あれ、ない。どこ？」

　スマホがどこにも見当たらない。

「それに、なんかシーツの触り心地が違うような……」

　横に抱いているはずの抱き枕の感触もいつもと異なる。そういえば匂いも。

　アタシは上半身を起こして、ぼんやりと周囲を見回す。

知っているはずの部屋なのに、なにか全体的に違う気がする。

「……こんなんだっけ？」

段々と視界が鮮明になるにつれて、その違和感の正体に気づく。

「⁉ ここ、錦くんの部屋じゃん」

やらかしたぁ～～～‼‼

さっと血の気が引く音がした。一体なにがどうして、こうなっている。

「あ、アタシ、やっちゃったの⁉」

己の失態に声にならない悲鳴が漏れた。

外泊、未成年者淫行、懲戒免職、など考えたくもない言葉が否応なく脳裏をよぎる。

「嘘ッ、ちょっと待って⁉ 教え子の部屋に泊まっちゃった」

急いで自分の状態を確認した。大丈夫、服は着ている。ちゃんと下着もつけていた。乱れた様子もない。清いままだ。

わずかな安堵の後、昨夜のことを急いで思い返す。

彼の部屋に上がってカレーライスを食べて、泣いて、彼の胸を借りながら慰められた。その後、彼とイチゴを食べながら話をしていて——いつの間にか寝てしまったのだろう。

思い出したら顔から火が出るほど熱くなった。

「お、男の人の家に上がるだけでなく、一夜を明かすなんて……」

己の迂闊さに、晴れやかな気分が一気に急降下する。

「先生、起きました？」

床から声がした。

「に、錦くん⁉」

「おはようございます」

彼は眠そうな声で、床から身体を起こす。

「おは、おは、おはよう」

動揺が声に出てしまう。

「よく眠れました？」

「お、おかげさまで。君は、床で寝ていたの？」

「そりゃ先生が俺のベッドに潜って熟睡されていたので。覚えてないんですか？」

錦くんはあくびをかみ殺しながら、質問する。

「まったく覚えてない……」

アタシは気まずさで、まともに顔を見られない。

「あの、先生。よければ服を直していただくか、隠してもらえません？」

彼の方もなにやら控え目にお願いをしてきた。

アタシは自分の格好を見直す。

先ほどのボディーチェックのせいで着衣は大いに乱れていた。シャツのボタンの上の方は外れて、胸の谷間やブラジャーが丸見え、下着を確認するためにスカートも脱げているという色々見えたセクシーな有り様。

掛布団に急いで包まって壁際まで後ずさった。

「言っておきますが、先生には指一本触れてませんので」

「けけけ、けど！　なんでアタシが君のベッドで寝てるの？」

掛布団の中でモゾモゾしながら自分の服装を直していく。

「そりゃ先生が自分で移動したからですよ。最初はベッドに寄りかかっていたのに、いつの間にか寝ぼけてベッドに潜ってぐっすりと。何度呼びかけてもダメだったので俺も諦めました」

彼は淡々と昨夜の出来事を教えてくれた。

確かに自分の部屋でもベッドにもたれたまま寝落ちしてしまうことはよくあった。だいたいは夜中に一瞬起きて、夢うつつでベッドに戻っているからアタシならやりかねない。

それをよりにもよって教え子である男子生徒の部屋でやらかすなんて。

「じゃあ、君は床で一晩」

「一緒に添い寝した方がよかったですか？」

立ち上がった彼は背中や腰が凝っているのか、ストレッチをしていた。

「ほんとうに、ごめんなさい‼」

ベッドの上で全力土下座。

アタシのバカぁぁぁぁ――――――――ッ!!!!

彼が紳士でなければ一体どうなっていたのだろう。

「男子生徒の部屋にお泊りなんてバレたら大スキャンダルですね」

「嫌だぁ～教師クビになりたくないぃ」

アタシは頭を抱える。

「別に言いふらしませんから」

今朝に至るまでにアタシは一体いくつの弱みを彼に握られているのだろう。

「脅さない？　証拠写真とか撮ってない？」

朝からピンチでまた泣きそうだ。

「疑うなら俺のスマホでも好きに確認してください」

「君が神様に見えるよ。思わず拝みたくなる」

もはや教師としての威厳を一ミリも保てない状況において、彼は淡々としたまま、穏やかな態度を変えることがない。

どんな育ち方をすれば高校二年生で、こんな落ち着いていられるのだろう。

教え子が大人すぎる。

「それでどうしますか？　この後が時間あれば、昨日の、続、続きが、し、した、い、です」

「へ？」

なんのことかわからず首を傾げる。

まさか寝こみを襲うことはなくても、同意の上ならアリとか考えていたりするの？

身の危険を感じて、ベッドから起き上がろうとするも進路を塞ぐように彼は立っていた。

あ、ダメだ。きっと迫られたら逃げられない。

「…………ッ」

息を呑み、全身に力が入ってしまう。

「先生？」

「あの！　アタシ、はじめては好きな人って決めているから、そういうことは気軽にできません！　それに、君が期待するような大人なテクニックなんてないから諦めて！」

泡を食ったアタシは一気にまくし立てる。

なんか要らんことまで口走った気がするが、とにかく自分を守ろうと必死だった。

すると今度は彼が慌てる番だった。

「俺が言っているのは、お隣同士についての話し合いのことですよ！　昨夜は先生が寝ちゃったので、話がなにも進んでいないでしょう！」

彼も大慌てで無実の罪を晴らそうとする。

「あ〜、うん。そっか、そうだよね。よかったぁ」

今度こそ全身から力が抜けてしまう。

「早とちりにも程がありますって。勘弁してくださいよ、まったく」

彼も心底困った顔でこちらから視線を逸らす。

「いくら謝っても足りないね。けど、ごめんなさい」

とにかく謝る。

己の勘違いが恥ずかしくて、彼の顔をまともに見られなかった。教師の面目丸つぶれどころの騒ぎではない。

爽やかな朝の日射しが差しこむ中、なにも起きてないのにむずがゆい沈黙に満たされる。

「休みですし時間があるなら朝飯でも食べませんか？　今度こそ話し合えれば」

先に言葉を発したのは彼の方だった。

「うん、食べる。お願いします」

アタシも素直に応じてしまう。

先に提案してくれるのは、いつだって錦くんの方だ。

こういう気まずい空気を察して、打開してくれるのは正直頼りになる。

「じゃあ、一時間後とかでいいですか？　先生も身支度とかあるでしょうし」

言われて、昨夜はシャワーも浴びずに彼のベッドで寝てしまったことに気づく。

はっ、自分の汗とか匂いが気になりだす。

「オッケー！　あとベッドカバーとかはぜんぶアタシが洗濯するから！」

「そんなの俺がやりますよ」

「いいから任せて！　ベッドを借りたお詫びッ！」

錦くんの許可を聞く前に、アタシは寝具のシーツ一式を強引にはぎ取る。

「じゃあ一時間後に！」

ほとんど追いはぎのようにそれらを抱えて、大急ぎで彼の部屋を飛び出す。

その勢いのまま、アタシは一晩ぶりに隣の自分の部屋に帰った。廊下に出しそびれて溜まっているゴミ袋の存在をまた忘れていた。

「わあ、とッ⁉」

盛大に躓いてしまい、腕に抱えていたシーツの山に顔を埋める羽目になる。

わずかな痛みの後に、自分の知らない匂いを感じた。

「あっ、あぁぁぁぁぁ――――！」

奇声を発しながら、急いで洗濯機に放りこむ。

そのままアタシも昨夜の痕跡を捨てるように着ていた服と下着を脱いでスイッチ・オン。

浴室に入って頭から熱いシャワーを浴びながら、激しい自己嫌悪。

「彼の部屋で寝るとか、なにやっているのよ」

なにもなかったとはいえ、男の人の部屋で夜を過ごしたのは人生はじめての経験だった。

二十三年間生きてきて恋人ゼロ。付き合ったことさえない。

もちろん、大人の関係になったことも。

元々恋愛に対する興味が薄く、友人たちが恋愛や恋人に夢中になっているのをどこか遠くの出来事だと思っていた。

学生時代から告白されることはあっても、すべてお断りしてきた。

だから男の人の部屋に泊まるどころか、ろくにデートをしたことさえない。

「なのに一足飛びすぎだよぉ」

しかも相手は年下の男の子だ。

錦悠凪。偶然お隣さんだと発覚したアタシの教え子。

『意外とすぐ近くにいたりして？　学校にいい人はいないの？』

親友の言葉がふいに蘇る。

そのせいで余計に意識してしまう。

……顔が熱いのはシャワーを浴びているせいではない。

「もう、この後どんな顔して会えばいいの!!」

彼の前で、きちんと大人として振る舞える自信がなくなってきた。

第二章　隣人協定

天条先生はきっかり一時間後、俺の部屋に再びやって来た。

私服である小綺麗なワンピースに着替えており、大人っぽさよりかわいさが上回る。

シャワーも浴びた上に、薄くメイクもしていた。

休日の私服姿の先生を初めて見て、俺はドキドキしてしまう。

相変わらず惚れ惚れするほどの美人だが、表情だけは先ほどよりも険しい。

なぜだろう。

この一時間で一体なにが起きた。彼女が持っていった俺のシーツがそんなに臭かったとか。

もっとこまめに洗濯しておけばよかったと後悔。

「どうぞ。朝食はもうできているので」

「ありがとう。お邪魔します」

俺も先生が部屋に戻った後、急いでシャワーを浴びた。

昨夜は先生が寝ていたので俺も風呂に入るのは憚られて、そのまま床で寝るしかなかった。

しかも横では超絶美人が俺のベッドの上で無防備な顔で寝息を立てている。

意識するなという方が無理だ。

寝つくまで時間がかかったし眠りも浅かったから、できれば寝直したい。

ただ、ここを逃すと話し合いのタイミングをこのまま逸してしまう気がした。

そんな気負いからダメ元で朝食に誘ってみれば、彼女はまた「食べる」と言った。

ならばそれに応えなければなるまい。

土曜日の朝はいつものんびり過ごすが、今日ばかりは一味違う。

浴室を出て、着替えてブラックのコーヒーを飲んで寝不足の頭に活を入れる。

そして彼女が来るタイミングに合わせて、ふたり分の朝食の準備にとりかかった。

「大したものではありませんが」

「ちゃんと火をつかっているとか偉すぎ」

「普段はもっと手抜きですよ。先生がいるから多少見栄を張りました」

テーブルにはフレンチトーストにカリカリに焼いたベーコンを添え、昨日の余りのサラダとスープも並ぶ。デザートにはヨーグルトに先生から貰ったイチゴを入れておいた。

「料理もしっかりできる君は将来いい旦那さんになりそうだね」

明るい朝の光の中、天条先生は感心するように俺を見ていた。

「先生は、料理が苦手なんですか？」

先生は昨日と同じ位置に座る。

「むしろ家事するのは好きだよ。掃除で綺麗になるのは気分がいいじゃない。今は家事をする時間がなくてさ。溜まった洗濯物を片づけられなくてイライラ、自炊できなくて栄養バランスは気になるし――ってまた愚痴ってるな。なんで君相手だと色々話しちゃうんだろう」

天条先生は自分でもわからないや、と困ったように笑う。

「先生もいいお嫁さんになると思いますよ」

「結婚とかイメージわかないなぁ。アタシは恋愛も結婚も好きな人でなければ無理だし」

「じゃあ、今は飲み物くらい好きに選んでください。コーヒーと紅茶、どちらにします?」

「コーヒーで。牛乳と砂糖もお願いできる?」

「わかりました。どうぞ先に食べていてください」

多めに淹れておいたコーヒーをマグカップに注ぐ。

ご希望のものを一式揃えて、俺はテーブルに運ぶ。

「モーニングコーヒー、お待たせしました」

「…………」

「先生?」

「変な言い方しないでよ」

「朝に飲むコーヒーってだけですよ」

「意味深に聞こえる」

耳を赤くしながら言われるとこっちも変に意識してしまう。

微妙な沈黙を埋めるように、どちらともなく料理に手をつける。

「うん。フレンチトーストは甘くてフワフワ。あーお休みの日だけじゃなくて、毎日しっかりと朝食を食べられれば最高なのに」

先生は朝からゆったりと食事をとれることに上機嫌だ。

「平日の朝は食べてないんですか？」

「ギリギリまで寝ていたいから、食事を準備する暇がないのよ」

「毎朝目覚ましがいっぱい鳴ってますよね」

「⁉　もしかして君の部屋まで聞こえてた？　朝からうるさくしてごめん！」

「おかげで俺も寝坊せずに済んでます」

「困っているなら、言ってくれればいいのに……」

先生はシュンと肩を縮こまらせる。

「そういえば貰ったイチゴ、これで食べ切りました。美味しかったです」

「でしょう。まだ家にあるからもう少し食べない？　傷んだらもったいないし」

「食べきれない分は凍らせておくとか？　牛乳やヨーグルトと混ぜてスムージーにするのもオススメですね」

「うーん。冷凍庫は割といっぱいだから、ぜんぶは入りきりそうになくて」

「なら高いイチゴでもったいないですけど砂糖で煮て、ジャムにするのはどうですか？」

高いイチゴはそのまま食べるのが一番だが、捨てるよりはマシだろう。

「ジャム！　それだ！　錦くん、ナイスアイディア！」

これで万事解決と晴れ晴れとした表情になったところに、俺は控え目に進言する。

「ちなみに、ぜんぶのジャムを詰められるだけの空き瓶あります？」

家庭でジャムを作ること自体は簡単だと思うが、一体どれだけのイチゴが残っているのか俺はわからない。ジャムにしてしまえば砂糖が加わる以上、一気に食べるのは難しい。

「……ない」

上がったテンションが急落する。わかりやすい人だ。

「食べられない分を後で持ってきてください。瓶もあるので、俺の部屋で作りましょう」

いずれなにかに使えるかもと、残しておいた空き瓶がいくつかある。

「ありがたいけど、また君にやってもらってばかりだし」

「俺のシーツを洗ってもらったお礼です」

「そもそもアタシがベッドを奪っちゃったせいだから！」

「俺にもジャムをいくらか貰えれば構いませんので気にしないでください。どうせこの週末は予定もないので、ちょうどいい暇潰しです」

「わかった！　じゃあ代わりにジャムと合うパンを差し入れる！」

「それだと貸し借りが永久に終わらなくて、キリがなくないですか？」

受けた恩を毎回返してくれるのは素晴らしいが、そこまで大したことはしていない。

「アタシの部屋には買い置きの食パンもないから、自分の分のついでよ」

「ふつうの食パンくらいおすそわけしますけど」

まだ何枚か残っているから、先生にあげられる。

「借りの作りっぱなしは性に合わないのッ！」

「先生って思った以上に律儀な人なんですね。意外でした」

天条レイユのような美人ならば、善意にしろ下心にしろ周りからいくらでも大なり小なりの心遣いを受けてきたはず。すべてに応じていたら本人が消耗してしまう。むしろ笑顔と感謝できちんと線引きを済ませるのに慣れていると思っていた。

「今回は特別。君のおかげで、おばあちゃんが送ってくれたイチゴを無駄にしなくて済むから、アタシは無茶苦茶ハッピーなの」

先生は心の底から嬉しそうに笑う。

その眩しい笑顔は教室で見る時よりも自然でやわらかい。

自分の部屋で俺にだけ向けられた屈託ない表情に、緊張も忘れて見惚れてしまう。

「おばあさんが好きなんですね」

「家族でおばあちゃんだけが一番の味方だったのよ。アタシが今の仕事を選んだのも、おばあちゃんが教師をやっていた影響も大きいんだ」

「ああ、だから孫の大好物を食べきれないくらい送ってくれるんですね」

「あー……それは昔から送ってくれた量を平気で食べてたからさ」

照れくさそうに打ち明ける。

「細いのに、いっぱい食べますよね」

「お腹が減るのだけは我慢できない性質なのよ。美味しいもの大好き！　悪い⁉」

「いいと思いますよ。昨日もいっぱいカレーを食べてくれて嬉しかったですし」

先生が寝てしまったので、綺麗に平らげてくれたお礼を今さら述べる。

「お礼なんてやめてッ⁉　ずっと食べてばかりで心苦しいの」

彼女は申し訳ねぇと、キュッと目を細める。

「ウエストの方が苦しくならなければ、別にいいじゃないですか」

「そこだけは死守しているから」

引き締まったウエストを誇示するように、両手を腰に当てる。


朝食を終えた頃には、学校で話すような感覚に戻ってきた。

かくして俺たちはようやく本題に入る。

「――第一に、アタシたちがお隣同士なのはここだけの秘密」

「もちろん。バレないように全力を尽くします。先生をクビになんてさせません」

そんなものは大前提だ。

「うん。残念だけど、誤解されるだけの状況証拠は揃っちゃっているからね」

部屋が違うとはいえ、教師と生徒が実質ひとつ屋根の下で暮らしているという状況はあまり世間的によろしくない。受け取られ方次第では大きな社会的ダメージをともなう。

「注意をして生活するしかないですよね」

「アタシも気をつける。その上で今後どうするか、だよね」

「一番確実なのは、どちらかが引っ越すことでしょうけど」

「アタシが動けるのは早くて夏休みかなぁ。もちろんお金をかけて業者に丸投げもできるけど、正直そこまで貯金もないからさ」

「……もしくは俺が実家に戻るか」

あまり気が進まないが、背に腹は代えられない。

「錦くんのご実家は通学できる範囲内なの？」

「一応」

俺の答え方に、先生はわずかに眉根を寄せる。

「なら話の流れで訊くけど、どうして高校生でひとり暮らしを？」

当然、それは疑問に思うところだ。

「母親が再婚したんですが、まぁ、トラブルがありまして別々に暮らすことに決めました」

俺は簡潔に身の上を説明する。

すると天条先生は表情を一変させた。

教師モードに切り替わり、真剣な顔つきでこちらに向き合う。

「決めましたって、君が自分でひとり暮らしを選んだの？」

「そうですよ。母親から追い出されたとか、ネガティブな原因があるわけじゃないので心配しないでください」

「生活費はちゃんと足りている？　他に困っていることはない？」

先生は俺の部屋をぐるりと見回した上で、さらに確かめてくる。

「実父からアルバイトをしなくても済むくらいには貰っているので問題ありません。その分、勉強はしっかりやっておけと釘を刺されていますが」

父は仕事に関して優秀だが、とにかく愛情表現ができない口下手な人だった。

常に仕事最優先で、家にもたまにしか帰らない。

やがて俺の中学進学を機に、両親は離婚。

俺としては物心ついた頃から父が家にいないのが当たり前だったので、母ひとり子ひとりになったところで感覚的に大きな変化はなかった。

ただ、仕事人間の父は父なりに今も昔も息子の俺を不器用ながら愛してくれている。それだけはわかっていた。

だから俺がひとり暮らしをしたいと真っ先に相談し、父も躊躇わずに援助してくれた。

「立ち入ったことを質問するけど、新しいご家族との仲はどうなの？」

先生はやはり気がかりな様子だった。

「義理の父も義妹もとてもいい人ですよ。ふたりとも早く帰って来てほしいって言ってくれています。どちらかというと実の母親の方と折り合いが悪くなって」

「お母さんとか……それはツラいよね」

先生はまるで同じ経験があるような共感を示す。

我が事のように心を痛めている表情を見て、逆にこちらが申し訳なくなる。

今の時代、離婚も再婚も珍しくない。

まして思春期の息子と親の仲が悪くなるなんて世界中でありふれた話だ。

「家で顔を合わせて空気を悪くするより離れた方がお互いのためだと思っただけです。おかげで親の目から解放されて、気ままなひとり暮らしを満喫中です」

「強がってない？」

先生は鋭く訊ねた。

「ぜんぜん」

天条先生は見定めるように、静かに俺の顔を見つめてくる。

「——君はずいぶんと早く大人になるしかなかったんだね」

やがて納得した様子で、表情を緩めた。

「親とトラブっているなんてガキの証拠じゃないですか」

「ほんとうに、そうなの？」

「え？」

「君の話しぶりを聞いていると、お母さんだけが原因で家を出たって気がしないんだよね」

「どうしてです？」

「お母さんを嫌ったり怒っている感じがまったくないんだもの」

「——」

俺はびっくりして言葉に詰まる。

「錦くんの性格的に、他の誰かに気を遣って自分から離れた印象かな」と天条先生は独り言のように推測していた。

「別に母のことは嫌いになってませんよ。ただ、今の生活にも不満はないので、できれば戻りたくないです」

「……そう」

彼女はそれ以上深く詮索をしなかった。

「困ったことがあるならアタシに遠慮なく相談して。君の力になるよ」

　無理には踏みこまず、それでいて遠くへも離れもしない。

　あの寝起きの狼狽ぶりが嘘のように、この美人教師は頼りになることを言ってくれる。

「天条先生。何度も食事に誘っておいてなんですけど、あんまり俺たちプライベートでは会わない方がいいんじゃないですか」

　なんとも情の深い人だ。有難いが、申し訳なくも思う。

「知った以上、無関心ではいられないよ。もしも自分の担任に相談するのは気が引けるなら、近所のお姉ちゃんとして頼って」

　彼女は明るい声と笑顔で言ってくれた。

　誰もが美貌にばかり注目しがちだが、一番の魅力はその自然なやさしさなのだろう。

　小難しい事情を抜きにして、ひとり暮らしの高校生の身を案じてくれる大人のやさしさが確かにあった。

「美人な上に男前とか、欲張りすぎでしょう」

「アタシにも君くらいの弟がいるからなんか放っておけなくて」

　とってつけたように言い添える。

「先生の弟……それはまた美少年なんでしょうね」

姉がこれなら弟も間違いなく美形だろう。

「顔は好みの問題だから知らないけど、精神的には君の方が遥かにしっかりしているよ」

「しっかりしている実感なんて、まったくないですけど」

「アタシも同じよ。世間的には社会人扱いだけど、大人の実感なんてこれっぽっちもないもの」

「大人と子どもの差って曖昧みたいですね」

年齢や経験、肩書きなどだけで区別できるものではない。

ならばこのアパートにいる限り、錦悠凪と天条レイユは人間的には対等なのだろう。

そうであれば嬉しいし、俺はそうあるために背伸びくらいしてみせる。

「そうよ。アタシはメンタル限界の社会人で、君の前でうっかり泣いた女なんだよ」

おどけるように言い放つ。

「先生ってカッコつけたがりですよね」

「大人は恥をかくのが嫌いだから、弱みを見せたくないの。まぁ、君にはもう手遅れだけど」

「弱った先生もかわいかったです」

「ほら、すぐ大人をからかわないの」

「近所の美人なお姉さんを素敵だと感じるのは、男として自然なことです」

男のロマンで開き直る。

「とにかく引っ越しの件はアタシの方に任せて。なんとか夏休み中には引っ越すよ。それまでは悪いけどお隣さん同士の生活を我慢してね」

先生は結論を告げる。

「お隣さんが先生だと知る前から、特に問題なく暮らしてこれましたよ。だから我慢することなんてありません」

「目覚ましの音で毎朝迷惑をかけていたでしょう」

先生はバツが悪そうだった。

「天条先生に引っ越しをお願いする代わりに、俺からもひとつ提案があります」

「提案？　なに？」

「先生の食事、これからは俺が作りますよ」

自分でも驚くほどあっさりと、その言葉は出た。

「君が底抜けの善人でビックリだよ」

青天の霹靂とばかりに、先生は目を丸くしていた。

「そんな大層なものじゃありません、単純に自分のためです。俺も先生に料理を食べてもらえるのが楽しかったんですよ」

「それはそれで、よかった、かも？」

先生は反応に困っていた。

「自分ひとりのためより、他人の反応がある方がヤル気も出るんです。ただ、さすがに毎回泣かせるような料理は期待しないでください」

「泣いたことはもう忘れてよ！」

本人的にはよっぽどの失態だったらしい。

俺としては天条レイユのレアな一面を見られて嬉しかった。

「先生。知った以上、無関心ではいられないのは俺も同じなので。仕事で大変ならせめて食事くらい、ちゃんとしたものを食べてもらいたいです。無理して心や身体が壊れたら、持ち直すのにもっと苦労しますよ」

心身の健康を損ねては元も子もない。

中途半端に気を揉むくらいなら、いっそ俺から手助けした方がこっちも気が楽だ。

「それはさ、ものすっごーく魅力的な提案だけれどもダメ」

先生は名残惜しそうに断る。

「ひとり分もふたり分も作る手間は同じですし」

「生徒に食事の面倒を見てもらうなんて、さすがに度を越している」

「いや、もう俺の食事を食べた上に、泣き顔も寝顔も見ているんですよ。おまけに同じ部屋で一夜を過ごした仲じゃないですか」

わざわざ含みを持たせた言い方で揺さぶってみる。

「ちょっと、言い方ッ！」

「今さら照れたり、取り繕うこともないんじゃないですか？　このお隣同士の関係は引っ越すまでの期間限定ですし」

「けど、まだ四月だよ。一学期が終わるまで三か月近くあるのに」

目の前の女性は心苦しいとばかりに表情を曇らせた。

「小さい頃から母親を助けるために手伝っていたので、家事には慣れてます」

母が再婚するまで、帰ってきた母を喜ばすために夕飯は俺が作っていた。

「君の料理の腕は疑ってないけどさ……」

「その、働く女性がクタクタになっていると放っておけないんです」

「ヤバイ、錦くんに思わず惚れちゃいそうになった」

天条先生は口元を手で隠す。

「俺は惚れてくれて構いませんけど」

「冗談よ。だけど困っている時に支えてくれるのは女としては超ポイント高い」

「俺の提案も採用ってことでいいですね？」

「丸投げは悪いよ。せめて当番制にしない？」

「できないと気に病むでしょう。先生の負担が増えるのは本末転倒です」

よくも悪くも意地っ張りな彼女を俺はたしなめる。

「うっ、見抜かれている」

「先生がこれ以上疲れて授業のクオリティーまで下がったら、それこそ生徒にとっては大きな損失なんです」

「だけど、君ばかり大変になるし」

「あくまで俺の家事ついでだから問題ありません」

「アタシも両立できるッ！　……と思う」

断言できないあたり素直な人だ。

ムキになっているが、それが無理なのは火を見るより明らか。

QOLが爆下がりして、ありふれたカレーライスくらいで泣いてしまうような弱っている人がこれ以上がんばるのは無茶だ。

この人に決定的に足りないのは、休むことを含めた自分だけのために使う時間だ。

家事する時間を俺が肩代わりすれば先生も好きなことに時間をつかえる。

「今できていないから私生活が壊滅状態なんでしょう。ダメ押しでお隣さんが生徒と発覚して精神的負担も増している。これから引っ越しの準備もある。そんな人を手助けするのは悪いことじゃないでしょう」

俺は客観的な事実を並べて、彼女を納得させようとする。

「でも、アタシは大人だから」

「――子どもが大人を助けてもいいじゃないですか」

断る口実を探すように俯きがちだった彼女の顔が上がる。

「先生、はじめての担任を必死にがんばっているじゃないですか」

教室で一生懸命やっている姿を俺は毎日見ている。

「錦くん」

「賢い大人なら、上手な手抜きのひとつやふたつをしていますよ」

先生はまだ頭を抱えて悩んでいた。

「大人ならプライドも大事でしょうけど、楽できるところは楽してもいいんじゃないですか？人間、ずっとはがんばれませんよ。俺を利用して、自分を労る時間を確保してください」

「そんな時間、喉から手が出るほど欲しいけど」

彼女の瞳が揺れ動く。

「働く社会人の応援をさせてください」

その一言が効いたのか、天条先生は大きく深呼吸をしてから俺を見据える。

「やっぱり、君は人をダメにするタイプの甘やかし方をするね」

俺は首を傾げる。

「甘やかされているんですか、先生は？」

「それは、その」

先生はしどろもどろになる。

「で。どうします？　今さら断られても食事の差し入れくらいはしますよ。帰宅するのは物音でわかるので」

防音対策が万全とは言い難い建物だから、意識して相手の生活リズムなど把握しようとすれば簡単にできてしまう。

「り、隣人からの嫌がらせとして大家さんに報告しちゃうぞ」

嫌がる言葉に反して、その表情は諦めたように穏やかなものだった。

「そしたら俺が同じ高校の生徒って芋づる式にバレますね」

「生徒に脅されている」

「人聞きの悪い。こんなに先生想いの生徒が他にいます？」

「犯罪一歩手前だけど」

「本気で嫌なら無理強いはしません。選択権は先生にありますので」

「女に決めさせるなんて」

「じゃあ俺が決めていいんですか？　決めた以上、従ってもらいますけど」

俺に強制力なんてひとつもないけど、先生は目を瞑って大真面目に葛藤していた。

苦悩に歪む美人教師の顔を俺は黙って堪能する。

相変わらず、どんな表情をしても絵になる女性だ。

きっと天条レイユの百面相は一生眺めていても飽きないだろう。

「〜〜〜ッ、せめてアタシが材料費はぜんぶ出すよ！」

悩んだ末に、そう叫んだ。

「それこそ割に合いません。俺も半分は出します」

「親の金で生きているような年下ときっちり割り勘なんてできるか！　材料費やガス代、手間賃も含めてアタシが多めに払う。これだけは絶対譲らない。わかった？」

そこまで言われれば逆らう理由もない。

「了解です。月末に精算でいいですか？　レシートはまとめておくので」

「別に言い値で払うのに」

「俺が多めに請求してちょろまかすとか思わないんですか？」

「その程度には君を信頼してるもの」

「……、どうも」

俺の突飛な提案を、彼女は下直球の感謝で打ち返す。

「というわけで、これからよろしくお願いします！」

先生は律儀に頭を下げる。

「あと、食事を作ってもらうにあたって、ひとつ変えてほしいことがあるの」

顔を上げると、今度は先生が提案する番だ。

「なんでしょう？」

「家ではアタシを先生と呼ぶのはやめよう。ここは学校じゃないし気楽にいこう」

「それなら俺は天条さんと」

「うん。アタシは……錦くんのままだと学校と同じか。なら、悠凪くんで。あぁ、君の名前を呼ぶのは結構好きな感じかな」

「――――」

同じ空間にいるのに少しは慣れたつもりだったが甘かった。

気を抜いたところで、無邪気な笑顔を向けられて俺の心臓はあっさり鷲掴みにされてしまう。

下の名前で呼ばれてしまった。

家族や友人から悠凪と言われる感覚とは全然別物だ。

そのむず痒さと特別感に、心の中で小躍りする。

ヤバイ、めっちゃ嬉しい。

俺は顔がニヤける前に「食器、下げますね」と空いた皿を重ねていく。

「それくらいアタシがやるよ！」

天条さんが慌てて手を伸ばすと、俺と手が重なり合う。

「あっ、ごめん⁉」

さっと手を引く天条さん。

「いえ」

危うく食器を落としそうになるのをなんとか耐える。

「後片付けできる時はアタシにやらせて。昨日みたいに寝落ちするのは申し訳ないからさ」

「……それって、これからも俺の部屋へ食べに来てくれるってことですか？」

今回はご近所問題について話し合うために俺の部屋に上げたまでだ。

来てもらうのも悪いから、作ったものを保存容器に入れておすそわけするつもりでいた。

天条さんの顔がさあーっと赤くなる。

「ご、ごめん！　準備とか洗い物を考えたらアタシが食べに来る方が君の手間を減らせるかと思って！　毎晩遊びに来ることになるから迷惑だよね！」

天条さんは両手を激しく動かして、必死に釈明する。

「いえ、俺の方こそ勘違いさせてすみません！　俺の部屋で食べて問題ないです！　迷惑じゃないです！　朝でも夜でもお好きにどうぞ！」

先生にしてみれば二度も俺の部屋で食事をしたのだから、そう思うのも当然だ。

「夕食だけじゃなくて朝食も用意してくれるの⁉　至れり尽くせりすぎない？」

「俺も同じ時間には起きてますから、どうぞ食べにきてください。食べるだけなら朝も時間を作れるんじゃないですか」

朝の五分は貴重だ。

同じ出発時刻でも女性はお化粧をする分、支度に時間がかかるので男性より早起きする必要がある。

「……ほんとうに、いいの？」

「はい、温かい方が美味しいでしょうから」

「うん。アタシも、その方がいい」

そうして俺たちの生活に関するルールについて具体的に話し合う。

「ねぇ、これだとアタシばかりメリット多くない？」

「別にいいんじゃないですか」

「よくない！　もうちょっと広い意味で助け合いをできるようにしようよ」

そうして決まったルール、通称・隣人協定は以下の通り。

第一条、隣人同士なのはふたりだけの秘密。

第二条、困った時はお互い様。遠慮なく助けを求める。

第三条、平日の朝食と夕食は錦悠凪が用意。食費は天条レイユが多めに出す。

第四条、隣人協定はどちらか一方の申し出で破棄ができる。

第五条、追加ルールが必要な場合は適宜話し合いの上で決める。

現時点でこの五つが基本事項となった。

「じゃあ、なにかあった時のために連絡先も交換しておこうか」

最後に天条さんはそう言って、スマホを取り出す。

「え、いいんですか？」

「会議とかで食事がいらない時もあるからね。事前に伝えておいた方がいいでしょう。まさか学校で直接言うわけにもいかないだろうし。緊急事態があった時にも困らないしね」

「夕飯のメニューが思いつかない時に相談できますね」

「新婚夫婦かッ！」

天条さんはケラケラと腹を抱えた。

「毎回メニューを考えるのも大変なので、料理のリクエストを教えてくれると助かります」

「そんなレパートリーが広いの？」

尊敬の眼差しを向けられて、恐縮してしまう。

「レシピサイトを参考にするくらいですよ」

「いいのいいの。新メニューを食べるだけでアタシは楽しいんだから」

俺のラインに天条レイユが登録される。

スマホの画面に彼女の名前が表示されるだけで謎の感動があった。

いつでも連絡がとれるようになったが、はてなんてメッセージを送ればいいだろうと悩んでしまう。変な文面を送って、密かにキモいとか思われたら死にたくなる。

どうしよう、適切なメッセージ内容がわからない。

ふつうに挨拶から始めればいいのか？　それだと回りくどいから、いきなり用件の方がこの場合は正解なのか？　敬語？　絵文字はどこまでアリなんだ？

俺が混乱していると、先にメッセージが送られてくる。

天条さんは、うさぎのキャラクターがよろしくね、というスタンプを早速送ってきた。

あぁ、難しく考えず気軽に送ればいいんだ。俺の気負いがあっさり消える。

俺も本人が目の前にいるのに、同じようにスタンプを送り返す。

こうして俺と天条さんのご近所付き合いが正式に幕を開けることになった。

思い立ったが吉日というが、隣人協定がまとまると天条さんの行動は早かった。

ジャムにする分のイチゴを俺の部屋に持ってくると「じゃあパン屋に行ってくる」とひとりで出かけて行った。

俺は俺でキッチンに立って、鍋で大量のイチゴを煮詰めている。

甘い香りが室内に漂う頃、帰ってきた天条さんは食パン以外にも色々と買ってきた。

「うーん、甘くていい匂い。はい、食パンとこれはお土産のお総菜パンね。あとスコーンも買ってきたから、早速ジャムをつけて食べよう。紅茶も淹れたいからお湯を沸かしてくれる？」

彼女の一声で、そのままアフタヌーンティーになった。

先生の買ってきたスコーンは固めでサクッとした歯応えがあり、ジャムによく合った。

お茶をしながら話すうちにジャムの粗熱がとれると、ふたりで瓶詰めを行った。

キッチンは狭いから、並ぶと肩がぶつかりそうになる。

「あんなに大量のイチゴも煮詰めるとこんなに減るんだ。ジャムって贅沢な食べ物ね」

天条さんは実に楽しそうだった。

日が沈むと洗濯してくれたベッドカバー一式を持って、またやってきた。

「ちゃんと綺麗になったと思う。ついでにアタシが敷こうか？」

「自分でやりますよ」

「ジャムを作ってくれたお礼だよ」

「もうパンをもらっているから大丈夫です」

「遠慮しないで。今日は朝から動けて一日が長いから気分がいいんだ」

と、勝手にベッドメイキングをはじめる。

実際に姉がいるとこんな感じなのだろう。

天条さんは今日一日で家における適切な距離感を見つけたみたいだ。

学校での誰に対しても平等な親しみやすさともまた少し違う、より砕けた個人的な親密さを感じられた。

……とはいえだ。

天条さんは、俺のベッドに乗って四つん這いの格好になっている。しわが寄らないように丁寧な手つきでベッドカバーをかけているだけだ。

が、その丸みを帯びた大きなお尻が強調された光景は実に悩ましい。

見たいけど見ちゃいけないような。

「はい終わった！　……ん、なんで今顔を逸らしたの？」

「き、気のせいです。わざわざすみません」

「アタシが引っぺがしたものを直しただけだから」

彼女は自分の仕事ぶりに満足して玄関に向かう。

「じゃあ色々とありがとう。月曜日から朝食よろしくね」

「はい。よろしくお願いします」

俺は彼女が部屋に戻るのを見送って、自分の部屋の鍵を閉じようとした。

すると天条さんはひょこっと顔を出す。

「なんか忘れ物ですか？」

俺が訊ねると、天条さんはニンマリと笑いながら時間差でぶっこんで来た。

「錦くんってお尻フェチなの？」

「気づいているなら無視してくださいよ！」

「だって視線を感じたんだもん」

「大きいのはいいことです」

こっちも開き直る。

「お年頃だねぇ。エッチ」

「関係ありませんよ。思春期じゃなくても、天条さんは人間として魅力的です。目を奪われるのは仕方ないでしょう」

言い訳はしない。だって事実だ。

それは異性としての魅力に限らず、彼女の明るい雰囲気や眩しい笑顔など存在すべてが俺にとって特別なものに感じさせた。

「な、なに言ってるのよ⁉」

長い髪を躍らせて、彼女はどこか早足で隣の部屋に帰っていった。

天条レイユが俺の部屋から出ていくだけで、夢から覚めるようなさびしさを感じていた。

あぁ、俺にとっても今日は楽しい休日だったんだ。

誰かと過ごす休日はいつぶりだったのだろう。

※※※

明けて月曜日の朝。

いつものように隣の部屋から聞こえる目覚ましの音で、俺も目を覚ます。

お隣さん——俺の担任である天条レイユは早起きが苦手だ。

今日も今日とて目覚ましの音はすぐには止まらず、やっと収まったと思えば、しばらくすると別の音が聞こえてくる。

これまで平日の朝はその繰り返しだった。

俺はスマホで、まだベッドの中で睡魔と戦っているはずの先生にメッセージを送る。

悠凪：天条さん、おはようございます。

起きて朝食を食べにきますか？

目玉焼きを作るので、焼き加減に好みがあれば教えてください。

俺も朝の身支度をして部屋に戻ると、何度目かの目覚ましの音が隣から聞こえてくる。

寝間着から制服に着替えていると、今回はすぐに音が止まった。

「お、珍しく早いな」

キッチンに立つと同時にスマホからメッセージの着信があった。

レイユ：おはよう、悠凪くん！

朝から騒がしくてごめん！

目玉焼きは半熟でよろしく！

威勢のいい文面に朝から笑ってしまう。

そんなやりとりに元気をもらって、朝食の準備にとりかかる。

ふたり分の料理がテーブルに並んだ頃、俺の部屋のチャイムが鳴った。

「おはよう」

「……………」

息を呑んでしまう。

髪が整えられ、化粧をした仕事モードの天条レイユが家の前に立っていた。

なんというか、さぁ今日も一日がんばるぞと気合いを入れる前のアイドリング状態。

テンションを上げる途中の、仕事とプライベートの中間くらいのレアな顔つき。

「悠凪くん？　どうしたの、ぼーっとして？」

「学校へ行く前の貴重な天条さんを見られて、朝から眼福だなって」

「？　時間がないから上がるわよ」と天条さんは俺の部屋にさっさと入ってくる。

天条さんはカバンを下ろして、テーブルの前に座る。それなのに朝食には手をつけない。

「朝から食事ができるのがこんなに嬉しいなんて。やっぱり人生に必要なのは余裕よね」

なんか感動していた。

本日はトーストに手作りイチゴジャム、目玉焼きとソーセージとサラダ、スープという定番メニューを用意した。

「ほら、悠凪くんも座ってよ。一緒に食べるんだから」

振り返る彼女は自分の隣をポンポンと手で叩く。

「え、先に食べていていいですよ。俺はコーヒーでも淹れようかと」

「牛乳で大丈夫。ほら」

急かすように手招きするから俺も座る。

「では、いただきます！」

天条さんは律儀に俺を待った上で食べ始める。

「目玉焼き、お見事な半熟っぷりだ。惚れ惚れする」

「味つけはどうします？　しょうゆ、塩こしょう、ケチャップ？」

「しょうゆ一択！」

「俺も同じです」と卓上用しょうゆを天条さんの前に置く。

「んーこのとろりとした黄身がいい。それに悠凪くんの作ってくれたジャムもやっぱり最高。なんか久しぶりに食べるジャムトーストって懐かしくて美味しい」

俺も同意する。最後に食べたのはいつだろう。

「ちゃんと朝から料理をして偉い！　アタシが買ってきた惣菜パンでも十分だったのに」

「わざわざ隣人協定まで結んだのに、初回からそんな手抜きをするわけないじゃないですか。あと、あの惣菜パンは今日の俺の昼飯です」

「あれで足りるの？　もっと食べないと」

「お昼はいつも購買かコンビニなので、むしろグレードが上がってますよ。天条さんの方こそ相変わらず朝は弱そうですね」

「いやいや、君と約束した以上は食べにくるに決まっているじゃん！」

「てっきり間に合わないかと思いましたよ」

「ほら、普段はお寝坊さんでも旅行先だと早起きになるみたいな。ホテルの朝食バイキングとか絶対食べたいじゃない？」

「あーその気持ちはわかります」

「でしょう。今朝も起きた甲斐があったよ。ありがとう」

天条さんはありふれた朝食を楽しみながらも、あっという間に食べ終えた。

「じゃあ先に行くから。後片付けもできずにごめんね。また学校で」

「はい、いってらっしゃい」

「——。なんか家で見送られるっていいね」と天条さんはニコリと笑って、駅へ向かった。

慌ただしい朝の一幕も、これはこれで悪くないものだと思った。


「みんな、おはよう！」

二年C組の教室にやってきた天条先生はよく通る声で挨拶する。

朝から元気いっぱいという様子で教室を見渡す。

「今朝もこれだけ晴れていると夏みたいに暑いねぇ。紫外線とかヤバそう。日焼け止めは早めに塗っておかないとね」

先生はそう言いながら上着のジャケットを脱ぐと、下はノースリーブニット。

華奢な肩に白くて細い二の腕がすらりと伸びる。

天条レイユは立ち姿が美しくて見惚れてしまう。これが水着姿ならさらに魅力的だろう。

天条先生が顧問になって以来、先生の水着姿見たさに水泳部の体験入部が激増したという話も聞いたことがある。

俺だって先生の水着姿を見られるものなら見てみたい。

「はい、じゃあクラス委員。号令よろしく」

起立の声で俺も席から腰を上げる。

天条先生は教室に入って以来、一度も俺の方を見ていない。目の前でこうして立ち上がっても視線は合わせず、常に教室全体を見渡しながら話していた。

その徹底ぶりを俺も見習わねば。

ちょっと先生のプライベートを知って浮かれていた自分の気を引き締める。

ここは学校だ。

秘密がバレないように、隣人協定に従って公私の線引きはきっちりしなければ。

着席後、先生はいつものようにテンポよく出欠をとる。

「次、悠な――、錦くん」

感心していたのも束の間、天条先生はいきなりボロを出しそうになった。

早いよ！ そんな口に馴染むほど俺の下の名前を呼んでいないでしょう⁉

「はい」

俺は何事もなかったように返事をする。

ここで変な反応をして怪しまれてはいけない。

チラリと見上げると天条先生は、これくらいセーフよ、と目が言っていた。

クラスメイト全員の名前を呼び終えて、「まだ来ていないのは久宝院さんか」と遅刻常習犯が座るべき窓際の机に視線を送る。

ガラリと二年C組のドアが開かれ、噂をしていた女子生徒が悠然と入ってくる。

「今日はセーフ」

久宝院旭は、気の抜けた声で挨拶も抜きに教卓まで進む。

去年までは運動の邪魔にならないように髪も短く、かなりボーイッシュな印象があった。今は肩のあたりまで伸びていた。制服をラフに着て、カーディガンを腰に巻く。シャツのボタンの上の方が外れているのは、急成長した胸元のせいか。スカートもやけに短く見えるのは、彼女の脚が長いからだ。元陸上部で鍛えたなごりで太ももはしっかりと太い。

大きな目は眠気のせいか半分くらい閉じており、心ここにあらずというアンニュイな表情は妙に退廃的な色気を醸しだす。

かつてのスポーツ少女は怪我による引退後、すっかり無気力になっていた。

「久宝院さんまた遅刻よ。今日はなんで遅れたの？」

「ベッドが放してくれないんです」

それは言い訳と呼ぶには実に堂々としたものだった。

あの天条先生に反抗するとはいい度胸だ。相手はそんじょそこらの美人とは訳が違う。

先生に落ち度がないのにも拘らず下手に噛みつけば、周りから美人を僻んでいるという印象を抱かれかねない。ふつうは保身に走って、そんなリスキーな真似をしないだろう。

だが久宝院に躊躇う様子はない。

自分に自信があるのか、それとも投げやりなだけか。

久宝院旭も俺たちの学年で上位に数えられる美少女だ。

去年までのスポーツ少女状態でも隠れた人気があったが、引退後に一気に女らしくなったことで好意を抱く男子が増えたと聞く。

「きちんとホームルームに間に合う時間に、目覚ましをかけて起きなさい」

天条先生は勝手に席へ行こうとする久宝院を止めて、当たり前のことを注意する。

黒板の前——つまり俺の前でふたりが向き合う。

「私もベッドと両想いなので、ずっと一緒にいたいんです」

「久宝院さん、愛していても離れなきゃいけない時はあるの。このまま遅刻を続けると三年生に進級できなくなるかもしれないのよ。生活態度は改めなさい」

天条先生は静かに叱る。なにより、遠回しに留年を心配していた。

「その時はその時までです」

自分の問題なのにまるで無関心。

久宝院は不安や動揺を一切見せず、どうぞご勝手にと開き直っていた。

「そうもいかないでしょう」

「お好きにどうぞ。私は先生と違って、大人になっても毎日早起きしてまで通いたくなるほど学校が好きではないので」

久宝院は嫌味のつもりだったのだろう。

が、天条レイユの朝の実情を知る俺は思わず吹き出してしまった。

「錦、なんか変なことでもあった？」

久宝院が目を細めて、こちらを見下ろしていた。

まず俺の名前を覚えていたことに驚きだ。

先生も俺を見ながら、ちょっと物言いたげな顔をしていた。

「間が悪くてすまん。花粉症が酷くて」と適当に誤魔化す。

「絶対くしゃみじゃなかった。オマケになんかアホな顔をしている」

久宝院は低く笑う。

「おいおい、久宝院。そっちこそ遅刻した上に、朝から人様の顔をディスるとは何事か」

最前列に座っているだけで因縁をつけられるのは勘弁願いたい。だいたい遅刻してきたなら少しは悪びれて、教室の後ろから入ってこい。どうして俺の前から行こうとするのだ。

「ディスったのは表情だけ。顔の造詣についてはノーコメント」

「濁されるとモヤモヤするんだけど！」

「はいはい、イケメン」

「適当すぎるぞ」

「そんなことないって」

久宝院と目が合う。

見ていると吸いこまれるような瞳をしていた。

彼女は会話のキャッチボールを止めるように急に沈黙する。

実は俺が気になって照れ隠しをしているとか？

「うわぁ、照れてる。あんまり女の言葉を真に受けると勘違い野郎って思われるよ」

「大きなお世話だ。この遅刻常習犯」

「今日は一時間目には間に合っているし」

だから遅刻ではない、と久宝院はどこ吹く風。

教室の前で先生の横にいながら、そのふてぶてしさはいっそ清々しいほどだ。

「世間一般ではホームルーム前に教室にいない時点で、遅刻と見なされるんだ。見ろ、久宝院以外はみんな間に合っているだろう？」

俺は小学校で覚えるルールを伝えて、久宝院に教室中を見渡すように促す。

「みんな、早くて偉いねぇ」

久宝院は覇気のない声で他のクラスメイトたちをからかうように褒めた。

そんな俺と久宝院のやりとりを横で見ていた天条先生はなぜか口元を押さえていた。その手の下から笑いを我慢している気配が聞こえる。なんならお腹がくの字に曲がるほどだ。

腹を立てているのならわかるが、笑いのツボにハマる要素があるのか？

「天条先生？」

不可解な反応に、俺は訊ねてしまう。

久宝院も怪訝そうに眉をひそめていた。

「あぁ、ごめんごめん。アタシの事情だから気にしないで」

天条先生は真面目な顔に戻り、久宝院と再び向き合う。

「とりあえず一時間目が始まるから席について。これ以上遅刻が続くようだと職員室でお説教なり、親御さんを呼び出すことになるよ」

先生は最後にそれだけ注意をして、朝のホームルームを終えた。

うーん、結局先生が笑いを堪えていた理由はわからない。

家に帰ってから聞いてみよう。


「ただいま!」

今日も夜の九時を過ぎていた。

月曜日から残業とはがんばっているなぁ。

俺の部屋のインターホンが鳴り、扉を開けると天条先生はご機嫌だった。

「お、おかえりなさい」

あまりにも堂々と言うから、こちらも反射的にそう答えてしまう。

「うーん。帰ってきて部屋が明るいのは嬉しいな」

「先生――じゃない、天条さん。今ただいまって……」

「変かな。ほぼ家に帰ってきたようなものじゃん。あー疲れたぁ」

天条さんは靴を脱いで、俺の部屋に上がってきた。

「あなたの部屋は隣でしょう」

「細かいことはいいじゃん。はい、お土産をどうぞ」

天条さんは朝と同じく、俺の部屋に夕飯を食べに来た。

彼女は仕事カバンからコンビニスイーツを取り出し、俺に渡してくる。

「先に着替えてこなくていいんですか？　こっちは構わないのに」

自分の部屋には先に寄らず、スーツ姿のまま直接こっちへやって来た。

「待たせるのも申し訳ないからさ」

「気遣いも手土産もいらないですよ」

「コンビニスイーツだよ。それに、帰り道のコンビニは働く大人の心のオアシスなの」

「どういう意味ですか？」

「多忙で疲れた社会人が帰り道に立ち寄れるささやかな息抜き空間。一日がんばって働いたごほうびの補給地点。アタシの場合、甘いものがつい欲しくなっちゃうわけさ」

なるほど、帰り道の買い物はちょっとした息抜きも兼ねているわけだ。

「それでシュークリームとプリン」

「新商品はチェックするしかないでしょう。君の好きな方を選んでいいよ」

「夕飯の後に甘いものまで食べたら太りません？」

「今日もガンガン泳いできたからノープロブレム！　それにデザートは別腹！」

天条さんはジャケットを脱いで自信満々にピースサイン。

夜のスイーツに対する罪悪感はないということらしい。

水泳部の顧問は日頃から泳いでいることを免罪符としているのだろう。

そのしなやかな肢体を見れば納得だ。

「じゃあ冷やしておいて。アタシは手を洗ってくるね」

俺にスイーツを託した天条さんは洗面所へ消えた。

天条さんのささやかな楽しみを、とやかく言うのは野暮というものだ。

スイーツを冷蔵庫に入れてから、俺は料理を仕上げるためにフライパンに火を入れた。

教師という仕事は忙しくて大変だなぁ、と改めて思わされる。

朝から学校へ行き、一日中授業で教壇に立つ。夕方からは部活の指導で身体も動かす。そこから再び職員室で事務作業に取り組む。仕事が終わる頃にはクタクタだろう。仕事後に遊びに行くとしたらかなり気合いがいる。

一日のスケジュールはぎっしり詰まっており、十代の少年少女相手だから予想外のトラブルも起こりうる。

久宝院の遅刻癖なんて、まさにそれだ。

改善されなければひとりの生徒の人生が大きく変わってしまう。

自己責任だと突き放せる人もいる一方、天条レイユみたいな義理堅い教師には難しい。

俺はふと他に天条さんの心労を軽くできることはあるかと考えてしまう。

「さぁーて、今日の夕飯はなにかなぁ？」

鼻歌交じりに戻ってきた彼女は俺の肩越しに、手元を覗きこんでくる。

覗きこむ時、俺の肩には彼女の両手が自然に添えられていた。

触れられている左肩が急に熱を持った気がする。

「近いです」

「このアパートの廊下は狭いからね。アタシのせいじゃないし」

棚や冷蔵庫などの家具家電を置いてしまうと、廊下はふたり並べばいっぱいになる広さ。

東京で手頃な家賃のワンルームのアパートなら手狭なのも仕方ない。

「質問なら離れてもできるでしょう？」

「男子がフライパンを巧みに扱う姿を近くで見たくて」

「残念ながら、温め直すだけの地味な作業ですよ。それに火の側ではふざけないでください」

「はーい」

天条さんの手が肩から離れる。彼女の振る舞いは朝よりもさらにリラックスしていた。

ほんとうに自宅にいる気でいるらしい。

どうも緊張していたのは俺だけのようだ。

「今日は浮かれてます？」

「家に帰って温かい夕飯が待っているって、ひとり暮らしだとありえないじゃない。帰り道の足取りもいつもより軽かったんだ」

「天条さん相手だと料理の作り甲斐がありますよ」

「安心して。アタシのお腹はペコペコさ。どんな料理も平らげてみせる」

彼女はドヤ顔で、自分の真っ平なお腹をさする。

「不味くても平らげるって意味ですか？」

「逆。君を信用しているってことさ」

そのキュートな仕草に一層の好感を持った。

「今運ぶので、座って待っていてください」

「アタシも手伝うよ」

「じゃあご飯をよそってください。お茶碗はそこの棚です。量はお好みで。俺はふつうで」

「……わざわざ待っていてくれたの？　悠凪くんの方がお腹ペコペコじゃない？」

俺が夕飯を済ませていないことを知ると、先ほどまでの浮かれた顔はどこへやら。

天条さんはこちらを気遣う表情に変わる。

「作るのが遅かっただけですよ。学校帰りにスーパーで買い出ししてから、ちょっと寝てしまって。それに途中で味見もしてますし」

「これからは自分のタイミングで食べていいからね」

「腹が空いてたらそうします」

「ここでは対等なんだから、そんな律儀にならないで」

「先生の反応を直に見たいのもあるんです。今日は新メニューなので」

俺は温め直している煮魚が焦げつかないように気をつける。

「──ほう、初手から得意メニューじゃなくて、いきなり挑戦する度胸が気に入った」

天条さんは白い歯を見せて笑う。

こういうノリのいいリアクションをしてくれるところがありがたい。

「自分ひとりだと煮魚なんて作らないので、チャレンジしてみました」

本日の夕飯はご飯とみそ汁、煮魚にだし巻き卵、ほうれん草のおひたしという和食メニュー。

テーブルに運んで、俺たちは一緒に夕飯を食べた。

「天条さんって今朝、俺と久宝院が話していた時に笑いを堪えてませんでした？」

「あぁ、うん。笑うのを我慢していた」

「なにか面白いことでもありましたっけ？」

「いやー久宝院さんを見ていると十代の自分を思い出しちゃって」

「昔の天条さんって、あんな尖ってたんですか？」

「十代の頃はアタシも周りのすべてが気に障ってさ。いつも不機嫌で大人に対して反抗的な時期があったから、気持ちはよくわかるんだ。どうにも他人事に思えなくて懐かしいやら気恥ずかしいやらで、もうさぁ～～」

言葉にするのも照れるように悶えていた。

明るく綺麗で気のいいお姉さんという印象からは想像もつかない。

「なんつーか青いですね」

「それでも当時は真剣に悩んでたし、苦しかったんだ。今となっては未熟だったと笑えるけどね。自分の卒業アルバムを目の前で広げられた気分で、つい笑っちゃって」

なにその青春フラッシュバックとかいう拷問。キツイ。

「ま、そういう青春の迷い子を導ける大人になりたくて、アタシは教師になったわけ」

「自分の経験を活かせていいですね」

相手の痛みや苦しみをわかってくれる大人が近くにいてくれるのはありがたいことだ。

「君らくらいの年頃って自己防衛的にキツイことを口走って相手を遠ざけようとしがちだからさ。悠凪くんもクラスメイトとして久宝院さんが困っていたら助けてくれると担任としてはありがたいかな」

「俺ができる助け船があれば出しますよ」

俺の返答に、天条さんは満足げに微笑む。

「ありがとう。ああいう子ほどさり気ない親切に弱いから」

「天条さん、ずいぶんと実感こもってますね」

「こうしてお隣さんの手料理をありがたくご馳走になってしまう人ですから。今日も美味しいよ。ごちそうさま」

天条さんは今日も綺麗に食べてくれた。

食事を済ませると「後片付けはアタシがやるから」と食器洗いを買って出てくれた。

長い髪を後ろで束ねた彼女は俺のエプロンを身につけ、キッチンに立つ。

俺はベッドの上で横になりながら一休み。

いくら家主とはいえ自分の担任に皿を洗わせてよいものなのか。俺は何度も先生の申し出を断ったのだが却下されてしまった。

スマホをいじりながらも落ち着かず、ついその後ろ姿を眺めてしまう。

「同棲するとこんな感じなのかなぁ」

俺がなんとなくそんな甘い妄想をしていると、電話の着信音が鳴り響く。

「電話？　気にしないで出ていいよ」

天条さんは振り返らず、食器の泡をすすぎ続けた。

電話の着信で震える俺のスマホ。

画面に表示された名前は、錦輝夜。

俺は隠すようにスマホを裏返す。

「問題ないので大丈夫です」

「けど、まだ鳴っているよ。ちょうど洗い物も終わったし、アタシは静かにしているから」

天条さんは冷蔵庫から自分で買ってきたスイーツを持ってくる。

「いつも出ない相手なので」

「……、アタシが邪魔なら部屋に戻るよ」

「どうぞここでデザートも食べてください」

スマホはまだ鳴り続けている。

「もしかしてご家族からの電話？」

「相変わらず鋭いですね」

「いつもオープンな君が隠し事なんて、それくらいしか思い当たらないだけ」

「親しき仲にも礼儀あり、ですよ」

「ごめん。ただ、気づいちゃうだけだよ」

ようやく着信音が途切れる。

「天条さんが気に病むことではないので。それよりデザート食べましょう」

食後のお茶を淹れながら、天条さんの買ったスイーツを一緒に食べる。

そのままテレビを眺めながら、他愛のない雑談に興じる。

「そっちのプリンも一口ちょうだい」

「え、シェアするんですか？」

「買ってきたのはアタシなんだからいいでしょう」

「俺へのお土産なのでは」

「気になるものは気になるの」

「強引だな」

「女子同士ではふつうよ」

「俺、一応男ですからね」

「そう宣言されると、勢いで食べられなくなるじゃん」

天条さんは頰を染めた。

「照れているくせに食べたいなんて」

つい笑ってしまう。俺の中では天条レイユはすっかり腹ペコキャラだ。

ただそんな素直さがどんどん愛おしく思えた。

こうして学校では見せない素の反応や弱みを俺に晒してくれることが嬉しくて、そんな彼女の支えになれている自分が少し誇らしい。

それに食後を彼女とダラダラと過ごすのが、特に大したこともないのに楽しかった。

結局彼女は嬉しそうに俺のプリンを、パクっと食べた。

こういう名前のない日常を幸せと呼ぶのだろう。

幕間二　ジェットコースター・ロマンス

「あーこれが胃袋を掴まれているってやつか」

隣の部屋から自分の部屋である103号室に戻り、ベッドで横になった。

満たされたお腹に両手を置きながらアタシはじんわりとした幸福感を覚える。

彼の部屋での食事は都合四回目だが、すでに自分の中で欠かせないものになりつつある。

「なんだか彼の方がよっぽど年上みたい」

迎え入れてくれた悠凪くんは隣人協定に則り、食事を作って待っていてくれた。

栄養バランスも考えられた美味しい夕食。魚料理は意識をしないと食べないので非常にありがたい。初挑戦とは思えない出来映えでアタシは大満足だった。

帰り際にスマホで時間を確認すれば、思っていたよりずっと遅い時刻になっていた。

これまでなら、とっくに力尽きて寝落ちしていた。

「ずいぶんと隣でまったりしちゃったんだな」

もともと親しい相手以外との食事はあまり得意ではない。

食事を済ませたら帰るべきなのに、食後もテレビを見ながらお喋りをしてしまった。

彼の部屋は居心地がいい。

同じ間取りなのに、自分の部屋にいるよりもずっと伸び伸びできる。

おかしなこともあるものだ。

「悠凪くんとご飯を食べるようになって、ちょっと気が楽になってる」

家事という物理的な負担を引き受けてくれている以上に、精神的に軽くなっている。

「同棲するってこんな感じなのかも」

彼の部屋で一緒に時間を過ごすだけなのになんだか楽しかった。

「いやいや、異性といっても相手は生徒ッ！」

即座に自分で否定する。

彼はアタシの同い年の頃より賢くて落ち着いているから年下であることを忘れそうになる。

悠凪くんは聞き上手だから結果的にアタシばかり話してしまう。食事をしながら話し相手になってくれることでリフレッシュできているのだろう。

「ふつうの男女だったら、こんな風に相手の家に通ううちに付き合ったりするのかなぁ……」

天井を眺めながら、段々と自分の言葉に顔が熱くなっていく。

アタシはベッドの上でうねうねと悶える。

「正気に戻れ！　迂闊すぎるぞ、天条レイユ！　いくら恋愛経験がゼロだからって、彼は年下で、しかも教え子でしょう！　妄想するのも大概にしろ！」

自分自身を罵倒しだすと、一気に抑えていたものが噴き出してしまう。

「というか彼もソツがなさすぎる！　エプロン姿でアタシが帰ってくるまで食事を待っているとか律儀すぎない。忠犬か！」

こっちは緊張を誤魔化すために無理やりテンションを上げたり、間を持たせるためにお土産をふたり分買ってきたりしているんだぞ。

大人の余裕を見せるつもりで部屋に行ったのに、いつの間にか一方的に癒されてばかりだ。

「見透かされていたら嫌だなぁ……」

年下の男の子の手のひらで転がされている感じがして、すごく恥ずかしい。

「これが恋愛だっていうならアタシには展開が速すぎるよ」

安全バーもないジェットコースターにいつの間にか乗せられた気分。

こちらが準備する間もなく発車して、どこへ向かうかもわからない。

教師と生徒として面識があったにしても、お隣だからと家に出入りして食事をする間柄とは一体なんなのだろう。

自分では答えが出せないから、いつものように友人に電話をかけてしまう。

だが今日は運悪く電話に応答してくれなかった。

「あんたが積極性を出せとか言ったせいで、こんなことになっているのにぃ～～」

お隣さんにおすそわけに行ったばかりに、アタシの生活はガラリと変わってしまった。

学校でも家でも、錦悠凪という男の子が近い。

近いと、どうしたって意識してしまう。

「ダメだ、気分転換！　水着も干して、シャワーを浴びて授業の準備をしよう！」

ベッドから身体を起こすと、時刻は夜の十一時を回っていた。

今日の部活で着た競泳水着を乾かして、浴室へ向かう。ほんとうはゆっくり湯船に浸かりたいが、シャワーだけで済ませる。

さっぱりしてからパジャマに着替えると、お水を飲んでからドライヤーを手に取った。

髪が長いと乾かすのにも時間がかかるから大変だ。サボると髪が傷んでテンションが下がるから、乙女の意地としてここは手を抜けない。

髪を乾かし終えると、ふと視界の隅で黒い影が動いた気がする。

「ヒイイイイ――――ッ⁉」

瞬時にあの黒くて憎い存在のシルエットが脳裏をよぎり、大きな悲鳴が出てしまう。

すぐに声を抑えようと両手で口を覆い、慌てて頭の中から黒いイメージを追い出す。

薄目で恐る恐る床や部屋の角などをチェックするが、なにかがいる気配はない。

「見間違い！　そう、絶対ただの見間違い！」

どうかなにも起こりませんように、と必死に祈り続けた。

すると部屋のインターホンが鳴る。

「もしかして悠凪くん？」

こんな夜遅くに訪ねてくるなんて彼以外に考えられない。

念のためカーディガンを肩にかけて玄関へ向かう。

気配を殺してドアスコープを覗きこむと、やっぱり彼が立っていた。

アタシは扉を開ける。

「どうしたの悠凪くん、こんな時間に？」

「天条さんの悲鳴みたいなのが聞こえた気がして。大丈夫ですか？」

「ちょっと驚いただけだから心配しないで。わざわざ来てくれてありがとう」

「隣人協定の第二条『困った時はお互い様。遠慮なく助けを求める』。気にしないでください」

「……、助けを求める前に来てるじゃん」

誰かが自分を気にしてくれるのは、ありがたいことだと思う。

「また泣いていたら心配なので」

悠凪くんは気にするなと冗談っぽく済ませる。

「起こしたならごめんね」

「宿題をやっていたところだったので」

「あ、もしかしてアタシのせいで夜ふかしさせている？」

「前からこの時間まで起きていたので誤解なく」

「いっぱい寝ないと背が伸びないぞ」

「さすがに身長はもう伸びませんって」

はにかむように笑いながらも、彼はアタシより頭ひとつ大きい。

あぁ、男の子だと思っていたけどやっぱり男の人なんだと気づかせられる。

途端、自分の格好が急に気恥ずかしくなり、カーディガンの前を手で押さえた。

「先生の方こそまだ寝ないんですか？」

「アタシもちょっとだけ明日の授業の準備しようと思って」

「いつもがんばってるんですね」と彼は心から感心していた。

「君もだよ」

「せっかくだから夜食でも作りましょうか？」

「魅力的な提案だけど、太るから我慢する。お気遣いだけいただいておく」

「じゃあ、お互いやることを片づけてさっさと寝ましょう」

「そうだね、がんばろう。じゃあ、また明日ね。おやすみなさい」

「はい、おやすみなさい」

悠凪くんが自分の部屋に戻るのを見届けて、アタシも扉を閉じる。

せめて彼の前で口元がニヤケそうになるのを、なんとか堪えた。

あんな風に励まし合うのは悪くないって正直思ってしまった。

第三章　波のような関係

「今日も一回目でアラームが止まったな」

天条レイユが俺の家で食事をするようになって一週間が経った。

これまでなら何度も目覚ましの音が鳴り響くはずなのだが、最初の一度で止まる。

あろうことか俺がベッドから起き上がるより先に彼女の方からメッセージが届く。

レイユ：おはよう。今朝はトーストで。そろそろジャムも最後かな。悲しい。

悠凪：おはようございます、トースト、了解しました。

材料があればジャムなんていくらでも作れますから。

レイユ：ほんとうに？　じゃあ、またお願いするよ。

今では自分から希望も伝えてくれるようにもなり、隣人協定に基づく俺たちの生活リズムもすっかり定着した。俺が朝食を作り、天条さんと一緒に食べて、彼女を送り出してから時間差をつけて俺も登校する。

教室で顔を合わせても基本は知らん顔。

俺としては極力話さないように気をつけている。

ところが目の前にいるから話しかけやすいのだろう。天条先生は手軽な合いの手代わりに俺へ話題を振ってくる。

「みんな、おはよう！　なんか眠そうな子も多いけど、朝ご飯はちゃんと食べている？　頭が回らないから、きちんと食べようね。アタシは今朝トーストに手作りのイチゴジャムを塗って食べたんだけど、これがまた絶品なんだ。あ、錦くんは今朝なにを食べた？」

知っているくせに。

同じメニューを美味しそうに頬張っている姿を俺は横で見ている。

「イチゴジャムを塗ったトーストを食べましたよ」

「お、奇遇だねぇ」

なんでこの人は俺との秘密がバレそうなことをわざわざ言うんだ。

「はい、レイユちゃん先生！　最近楽しそうだけど、もしかして彼氏でもできた？」

クラスの陽キャグループの筆頭女子・黛梨々花は好奇心に目を輝かせていた。

いつも明るく元気という印象が強い天条レイユだが、言われてみれば以前よりテンションが上がっているように感じられた。

「そんなんじゃないってば。じゃあ出席とるよ」

他愛もない質問を笑顔でかわし、彼女は仕事に励む。

本日も遅刻欠席ゼロ。

遅刻常習犯の久宝院旭も注意を受けて以来、朝のホームルームまでには間に合っていた。

しかし日を経るにつれて教室への到着は遅れていき、今日はギリギリだった。

そんな久宝院、四時間目の数学の授業で板書された問題を解く者に指名された。

気怠そうな足取りで黒板の前——つまり俺の前に立つ。

さっと問題に目を通してチョークを取り淀みない手つきで答えを導いた。

俺の手元のノートで解いた途中式、答えとも一致している。

そして、字が綺麗だった。

「なんで見てくるの？」

指先についたチョークの粉を払っていた彼女は、俺の視線に気づく。

「久宝院が俺の目の前に立っているだけだろう」

「視線が気になる」

「俺は真面目に授業を受けているだけだ」

「こっちを見るな」

眉尻が吊り上がり、目が三角になっている。

「久宝院こそ目つきが悪いぞ。寝不足のせいか」

睡眠時間が足りないと人間はイライラしてしまいがちだ。

「いっつも担任に鼻の下を伸ばしている男に不愉快なことを言われたからよ」

意外な人物からの指摘に俺は泡を食った。

「いつもではないだろう」

否定はしない。

「見惚れすぎ」

「……久宝院、俺のことよく見ているんだな」

「ハァ？　別に見てませんけど」

「仮に俺がいっつも鼻の下を伸ばしているとしたら、久宝院がいっつも俺を見ている証拠だと思うけど」

俺が揚げ足を取ると、久宝院は「嫌なやつ」と小さく毒づいた。

数学の教師が「解き終えたなら席に戻りなさい」とやんわりと注意すると、久宝院は俺を一瞥してから自席へ戻った。

ちなみに久宝院の記した答えは正解だった。

天条先生の見立て通り、久宝院旭は不良っぽい言動に反して実態はどうも違うようだ。

気になった俺は昼休みになると、久宝院の席まで足を運ぶ。

「なぁ久宝院、ちょっといいか？」

席を立とうとする彼女の机の前に座る。

「なに？」

「さっきのこと、一応謝ろうと思って。悪かったな」

「……別に。錦の視線が卑猥なのよ」

彼女は話す気はないとばかりに身体を横に向けた。

「言いがかりにも程がある。俺はむしろ応援しているくらいなのに」

その一方的な見解には苦笑しながら聞き流す。

「応援？」

「久宝院、最近は朝間に合っているじゃん。この調子でがんばれ」

「……——、声だけの応援は楽でいいよね」

皮肉っぽい切り返しだが、久宝院の口ぶりから察するに早起きを続けるのはしんどそうだ。

「じゃあ声以外のお節介をしてもいいのか？」

「からかわれるのはウザイ」

苛立ち交じりに俺を見た。

「いちクラスメイトとして心配しているのは本心だ」

「下心を感じる」

「教師に見惚れているような男に下心ないわけがなかろう。というか思春期男子の標準装備品だぞ」

「性欲が制服を着ている」

「別に口説いているつもりはないんだけど」と苦笑する。

「担任よりクラスメイトの方が可能性はあるでしょう」

「そんな刺々しい態度をデレさせる方法が俺にはまったくわからん」

久宝院は心に鋼鉄の鎧を着こんでいるように感じられて、攻略の糸口さえわからない。

「錦に気を遣ってもらう理由がない」

「ひねくれているな。久宝院に進級してほしいだけさ」

「どうして？　下心の方がまだ納得できる」

俺の脳裏に先日の天条さんの言葉が蘇る。

『悠凪くんもクラスメイトとして久宝院さんが困っていたら助けてくれると担任としてはありがたいかな』

その願いを叶えるように、俺は申し出る。

「留年なり退学しても構わないと思っている人間が真面目に勉強するとは考えにくい。もしも本気で早起きできなくて困っているなら手伝うよ」

学校に行く気があるのにできないのなら見過ごしたくない。

その俺の気持ちが伝わったのか、久宝院はやっと俺と向き合った。

「手伝うって例えば？」

忙しくて家事のできない天条レイユには食事の世話を申し出た。

起床のできない久宝院旭に、俺がしてやれること。

「そうだな……、俺がモーニングコールをするとか？」

「いらない」

秒で断られた。

「毎朝誰かが起こせば、久宝院も遅刻せずに済むだろう」

「いらないって言ってる」

「もしかして実はとんでもなく遠いところに住んでいるから、遠慮しているのか？」

彼女は突き放すように、自分の住んでいる駅名を答えた。

「俺ん家より近いじゃん……」

えーそれで遅れるの？　マジかよ、ぬるすぎるだろうと若干引いてしまう。

そんな俺の内心はどうやら表情に出ていたらしく、久宝院は嫌々呟く。

「低血圧だから朝が死ぬほど弱いのよ」

「それで必死に起きるけどギリギリなわけね」

「悪い？」

「むしろ陸上部の時はよく朝練に参加できていたな」

「逆に起きる時間が早いと親も仕事へ出かける前だから起こしてもらえたのよ」

「なら、なおさらお節介がいるだろう。留年したら親に泣かれるぞ」

俺のモーニングコールひとつで解決できるなら安いものだ。

久宝院が間に合う時間にはとっくに起きて、先生の朝食を準備しているから支障ない。

「それは、確かに困る」

久宝院はすごく嫌そうな顔で表情を歪めてから、諦めたように呟く。

俺はそれをYESと受け取った。

「とりあえず連絡先を交換させてくれ」

「しつこく連絡されるのは迷惑なんだけど」

「起きるまでモーニングコールするから、しつこい連絡には違いない」

「最悪」

「俺の連絡が嫌なら一回で起きろ」

「……朝は超絶不機嫌だから暴言とか吐くかもしれないけど、折れないでよ」

それ、絶対頼む方の態度じゃない。

「相変わらず上から目線だな」

「断るなら今のうち」

ここまで徹底されるともはや笑うしかない。

俺が申し出た以上、心を強くもってモーニングコール係を拝命しよう。

「また遅刻して先生と揉めるのを見るのはしんどいから引き受けるよ」

「……目覚ましのアラームだけだとなかなか起きられないから正直助かる」

「そうしてくれ。意地を張るより、素直に手を借りた方がいい。俺もそうだった」

久宝院旭は渋々ながら俺と連絡先を交換した。

※※※

翌朝。

隣からの目覚ましの音は一回で止まり、恒例となった天条さんから朝のメッセージが届く。

レイユ：おはよう。昨日と同じ時間に行くね。

悠凪：おはようございます。了解です。

天条さんはこまめに連絡をくれるのでありがたい。

俺も起きて身支度を済ませて、食事の準備にとりかかる。

途中、昨夜のうちに設定しておいたスマホのアラームが鳴った。

「さて、今度はモーニングコールの時間か」

久宝院が間に合う出発時間を事前に聞いておいたので、それを逆算して電話をかける。

さして待つこともなく、通話が繋がった。

「おはよう久宝院、錦だ。時間だから起きろ。遅刻するぞ」

『……ほんとうに連絡してきた』

電話口の向こう側から聞こえてきた声は、覇気がなく死ぬほど眠そうだった。教室で見せる高圧的な雰囲気はゼロで、テンションは地を這うような低さだ。

「朝が弱いのは嘘じゃないみたいだな」

『うるさい』

声を出すのもしんどそうだ。

「うるさいのがモーニングコールの役目だろう」

『すぐに眠気を晴らして』

ろくに思考ができていないのか、思いついたことをそのまま口に出していた。

「シャワーでも浴びればスッキリするぞ」

『ベッドから浴室まで運んでほしい』

「どこのお貴族様な暮らしだ」

『………』

「久宝院？」

『ZZZ』

「おい、二度寝するな！　起きろ！　また遅刻するぞ！」

『人間は早起きに向いていないのよ』

主語がデカいが、声は弱々しい。辛うじて会話が成立しているのが奇跡のような有り様だ。

心持ち声を大きめに話してみるが効果がない。

「まったく、寝起きの声はずいぶんかわいいんだな」

とにかく寝落ちさせないように話しかけ続ける。

『――ッ、くだらないこと言うな』

気だるげな返事だったが、寝返りを打つ気配があった。

「褒めている」

『女にかわいいって言えば誰でも喜ぶと思っているの？』

急に返事の量が増えた。かわいいという単語に反応したのか。

「かわいい声を出しているかわいい子を、かわいいと言っているだけだよ」

『……錦はおかしい』

「この通話を録音して他の男子に聞かせれば、久宝院はかわいいことがハッキリするぞ」

『犯罪者め』

段々と言葉に感情がこもってきた。

かわいい攻めは案外と効果があるようだ。

「俺は久宝院のかわいさを知らしめたいだけさ」

『余計なお世話』

「モーニングコールさせておいて今さら」と笑いを噛み殺す。

『そっちがお節介をしてきただけ』

「おかげで寝起きのかわいい声が聞けたから」

『変態』

「はいはい、変態との電話が嫌なら早く起きろ。それともわざと眠いフリしているとか？」

『殺す』

まったく迫力に欠ける脅しだった。

「そんなむにゃむにゃしておいて。やれるもんならやってみれば」

『叫んで鼓膜を破ってやる』

「予告するとか、やさしさが溢れているな。さすが、かわいい子は一味違う」

『……連呼されるとマジでキモイんだけど』

さすがに引いているようだった。

「起き抜けは口が悪いな」

『そっちが気持ち悪い起こし方をしてくるからでしょう』

「久宝院に効果がありそうな話し方をしたまでだ」

『恋人でもあるまいし』

「あれ、久宝院は恋人から甘く起こしてほしいってこと？」

『――ッ⁉　あくまでイメージの話！　錦ウザイ！』

ようやくハッキリした声で言い返してきた。

乙女な一面を垣間見た気がして、なんだか微笑ましい気持ちになる。

「恥ずかしがらなくていいだろう。好きにイチャつけるのが恋人の特権だって」

『うるさい。はい、もう起きた』

久宝院旭は不機嫌そうに電話を切った。

時間通りに朝食を準備しておくと、隣人はピッタリにやってくる。

「悠凪くん、おはよう！　さて、今日はなにかな？」

ニコニコ顔でテーブルに着く。

「今日は趣向を変えて、小倉バタートーストにしてみました」

「お、最高。甘じょっぱいのが癖になるんだよね」

今朝も先生は嬉しそうな顔で朝食を楽しんでいた。

食事を終えて上機嫌な天条さんを見送り、後片付けを済ませて俺もアパートを出た。

スマホで時刻を確かめながら俺は電車に乗るタイミングで、久宝院にメッセージを入れる。

悠凪：家を出たか？

旭：出たわよ。もういいってば！

悠凪：念のためだ。

旭：疑いすぎ。

しばらくしたら再びメッセージを送る。

悠凪：ちゃんと電車に乗っているな？

旭：は、なにキモッ!? ストーカー？　なんで乗るタイミングにピッタリなの!?

悠凪：たまたまだ。それで、何号車？

旭：知らないわよ。たぶん真ん中あたり。

俺は学校の最寄り駅に到着する。

いつもならそのまま学校へ歩いていくところだが、ホームのベンチで次の電車を待つ。

次の電車が到着。扉が開くと、久宝院旭が降りてきた。

「おはよう、ちゃんと着いてよかったよ」

「錦ッ!?　なんでいるの？」

「念のため待っていた」

「え、私の行動を把握しているの。ここまで正確なタイミングで何度も連絡が入ってくるとかおかしくない？　マジで恐いんだけど」

久宝院は眠気も吹っ飛んだ様子で、本気で引いていた。

「昨日、家から駅までの所要時間を訊いただろう。そこさえ間違えなければ学校に間に合うまでの、各所の通過時刻はおおよそ逆算できる」

「なんでそこまで？」

「久宝院をギリギリまで寝かせて、遅刻させないスケジュールを想定したんだ」

「錦ってスケジュール通りに進まないと落ち着かないタイプ？　他人まで束縛すると嫌われるからね」

ちょっとヤバイやつを見るような目を向けてくる。

「そこまで厳密じゃないさ。それに久宝院が正しく報告してくれないと、成り立たなかった」

「タイムには正確でないと気が済まないだけ」

元陸上部らしい発言だった。

さっさと先を歩き出すので俺も続く。駅の改札口を出て、学校へ向かう。

「なんで後をついてくるの？　本気でストーカー？」

前を行く久宝院が文句を言ってくる。

「通学路なんだから無茶言うな。俺も遅刻したくない」

「追われているみたいで落ち着かない」

「じゃあ俺が先に行くから、追い抜くまで待ってろ」

足早に距離を詰める。

「それも気に入らない」

久宝院は張り合うように自分も歩くスピードを上げるから、結局横並びになる。

「やっぱり、元陸上部だから抜かれるのが嫌いなのか？」

「——別に。一緒に登校しているみたいだからさ」

「ただ横に並んでいるだけだろう」

「気になるの」

「気にしすぎだって」

「周りにもジロジロ見られている気がする」

俺は周囲を見渡す。

登校時間なので同じ道を輝陽高校の生徒たちがたくさん歩いている。彼ら彼女らは確かにこちらの方を見ていた。

「あぁ、それは久宝院がかわいいからだろう」

普段通学路でお目にかからない美少女が歩いていれば、ついつい目を奪われてしまう。

「はぁ⁉」

久宝院が横で素っ頓狂な声を上げるから、俺も驚く。

「なにを言ってんの？」

「今朝も電話で伝えたぞ」

「……寝ぼけて聞き間違えたと思ってた」

久宝院はプイと顔を逸らす。

「久宝院旭は目立つ女の子っていう単なる事実だろう」

「そうやって歯の浮くようなセリフを平然と言うの、キモイ」

鳥肌が立ったらしく、自分の二の腕をさすっていた。

「言われ慣れていない久宝院の方が驚きだ」

「部活漬けで恋愛は二の次だったのよ。化粧して脚が速くなるわけでもないし」

久宝院はあっさりと言ってのける。

「そういう潔いところ、俺はいいと思う」

「不器用なだけよ」

「ひとつのことに集中してがんばっている証拠だ。そういうのはかっこいいよ」

「────。……錦ってさ、平然と私に話しかけてきたよね。下心で近づいてきたわけでも、ビビっているわけでもないし」

久宝院は少しだけ硬さの取れた声になった。

「自分がビビられている自覚はあるんだな」

俺は苦笑してしまう。

「腫物扱いされていたら嫌でも気づく」

「その気の強さとルックスで愛想もないと、とっつきづらい印象は持たれやすいな」

俺は客観的なコメントをする。

正確に言えば二年C組における久宝院旭は、周りから一目置かれている美人系の女子生徒という立ち位置だ。決して嫌われているわけではない。彼女はいつも休み時間は眠そうにしているから、みんなも気を遣って声をかけないだけだ。

「こんな面倒な女に話しかける錦は物好きな男」

久宝院はようやく年相応な笑顔を見せた。

「あぁ、いいな。そんな笑顔で久宝院の方から歩み寄れば、おまえが感じている壁もあっさり解消されるよ」

俺の助言に彼女は目を丸くする。

「錦ってもしかして姉妹とかいる？」

「一応、義妹が」

「あぁ、だから女の扱いに慣れているんだ。この色男」

とても褒めているようには聞こえなかった。

「なら、もっとモテてもいい気がするんだが」

俺のモテ期よ、早く来てくれッ！

「錦、友達少なそうだよね」

「おまえだけには言われたくない」

「いいじゃん。友達が多いやつが偉いなんて誰が決めたの」

久宝院旭は鼻歌交じりに言ってのける。

集団において周りの空気を読む人が多い中で、周りに流されない彼女は強い。

ちょうど学校から一番近いコンビニの前を通りかかる。

「さて、朝飯はどうする？　ダッシュで買うなら、まだ間に合うぞ」

「それもスケジュール通り？」

「久宝院が嘘をつかずに報告してくれたからな。ボーナスタイムだ」

「わかった。錦もちょっと待ってて」

「え、俺は先に学校へ行くけど」

「いいから、そこにいろッ！」

久宝院は俺に待つように指を差して、足早にコンビニへ入っていく。

「どんだけ俺が先に行くのが嫌なんだよ」

久宝院は俺の言った通り、すぐに買い物を済ませて戻ってきた。

「はい、これ。今朝のお礼」

そして久宝院は自分の朝食とは別に、チョコバーを渡してくる。

「いや、悪いよ」

「借りは作りたくない。いいから受け取れ」

俺の手に持たせて、彼女はチュッパチャプスを咥えて歩きだす。

無理に突き返してもご機嫌を損ねるだけだろう。

「それからさ、久宝院って呼ぶのは長いでしょう。旭でいいよ」

「いいのか？」

「私の名字、仰々しくて自分でも苦手なの。旭の方がいい」

「緊張するな」

「女子を下の名前で呼ぶくらい、自然にこなしなさいよ。情けない」

久宝院に鼻で笑われた。

「あくまで友達としてだぞ」

俺は思わず確認してしまう。

「男なら時には強引にいけ。その方が女も言い訳しやすいし」

「無理して嫌われたらどうする？」

「そんなんだから恋人もいないんでしょう？」

その言葉がグサッと胸に突き刺さる。

隣を歩くクラスメイトの女子は挑発するように俺を見てくる。

「このお菓子はおやつに貰っておくよ。旭」

俺は制服のポケットに入れる。

そうやって話しながら歩いているうちに学校へ着いてしまった。

ふたりで昇降口に着くとクラスの陽キャなギャル・黛梨々花がデカい声をかけてきた。

「あれぇーニッキーとアキアキが一緒とか珍しい⁉　意外な組み合わせかも」

黛さんはトレードマークの長いツインテールを躍らせながら、物珍しそうに近づいてくる。

「ニッキーって俺のこと?」

「うん。錦はなんかニッキーって感じ」

まったくわからん。

「梨々花。思いつきで変なあだ名を勝手につける癖、まだ直ってないんだ」

旭は露骨に顔を歪めている。

「えーいいじゃん、あだ名がある方が楽しいし」

「鬱陶しい」

「アキアキ、相変わらずの塩対応っぷりだね」

「どちらかっていうとコショウ対応って感じじゃね?」と俺も感想を述べる。

こうスパイス的にピリリと辛いみたいな。

「錦、黙れ」

ギロリと睨まれ、上履きになった旭はさっさと先に行ってしまう。

「やっぱりコショウだろう」

「ニッキー、マジそれな！」

黛さんはケラケラと笑っていた。

「ところで黛さんって旭と仲良かったっけ？」

俺と旭、黛さんは去年も同じクラスだ。

彼女たちとはただのクラスメイトでしかなかったので、その詳しい交友関係についてはよく知らない。

「どーだろう？　梨々花が一方的にアキアキに絡んでいるだけだからなぁ」

陽キャのメンタル、凄ぇ。

あんなにあからさまに嫌そうな態度をとられたら、ふつうは話しかけるのも諦める。

黛さんも旭とは違った意味でゴーイング・マイ・ウェイな子である。

「でぇ、ニッキーはどうしてアキアキと一緒なの？」

黛さんはゴシップの匂いを嗅ぎつけたとばかりに興味津々な顔だ。

「たまたま駅で一緒になって、そのまま歩いてきただけだよ」

嘘はついていない。

旭はモーニングコールをかけていることを勝手に話したら、絶対機嫌を損ねるタイプだ。

黛さんは俺の胸ポケットに入っていたチョコバーをひょいっと抜き取る。

「ふぅーん。えい！」

「あ、それ俺の！」

「ほんとにニッキーの？」

「どういう意味？」

「これ、アキアキの好きなチョコなんだよね」

ニマニマと見透かした顔でこちらを見てくる。

「……旭の好みを知っているなんて、黛さんは十分に仲がいいと思うよ」

「ありがとう。ところで梨々花、朝ご飯食べ損ねたんだよねぇ。なんか甘い物欲しいなぁ」

口止め料のつもりだろうか。後で旭に飛び火して、俺に文句を言われても困る。

「どうぞ」

「やったぁ！　ニッキー、サンキュー」

すまん、旭。持っていかれた。

四時間目の日本史の授業が終わると、黛梨々花が天条先生に近づく。

「レイユちゃん先生、ちょっと恋愛相談があるんですけど」

「え、黛さんが⁉」

いきなりの申し出に先生は目を丸くする。

俺は目の前で恋愛相談が始まる前に、昼飯を買いに席を立とうとする。

「ちょい待ち！　ニッキーも参加して」

「え、俺も？　なんで⁉」

「男子代表の意見も聞いておきたい。いいでしょう、ね、レイユちゃん先生」

「黛さんが構わないなら、アタシはいいけど」

思わず先生と目が合う。

「大丈夫。梨々花の友達の話だから」

こんな風に友達の話だと切り出しておいて実は自分の話であるパターンが多い気がするが、黛さんの場合は百パーセント言葉通りだと思う。

「あのね、いつも無愛想な子なんだけど、急に男子と一緒に登校するようになったの。これって恋じゃない？　恋だよね！　恋でしょう‼」

切り出し方が雑ぅ！

小学生が男女で並んでいるだけで付き合っているって認定するくらい大雑把すぎる。

天条先生も苦笑い。

「黛さん、それはさすがに決めつけすぎかな」

「えー絶対そうだよ。梨々花の女の勘は超冴えているんだから」

「ちゃんと友達に確認したの？　好きな人がいるって？」

「まだ。あの子、実は照れ屋だから」

「その友達が本気で好きな人がいるなら、部外者は余計な口を出さない方がいいと思うの」

「でも本気なら成就してほしいし」

「必ずしも、好き＝付き合いたいってわけじゃないでしょう」

「ずっと片想いの方がキツくない？　白黒ハッキリさせられれば、次の恋に行けるし」

黛さんの意見はシンプルゆえに否定しづらい。

「恋愛の考え方は人それぞれ。黛さんの考えを無理に押しつけるのはダメよ」

「好きな人と恋人になれた方が絶対楽しいのに」

うーん、平行線だ。

どちらの言うことも間違ってはいない。

「錦くんはどう思う？」

「ここで俺に振るんですか？」

「ニッキー的にはレイユちゃん先生と梨々花、どっちが正しいと思う？」

ふたりの視線が俺に注がれる。

「じゃあ黛さんに一票。好きな人には振り向いてほしいから」

「ニッキー、さすがぁ！」

黛さんは俺の肩を叩く。

「錦くんの裏切り者」

先生は恨めしそうな視線を送ってくる。

「先生とは結託していないでしょう！」

「ここは目上の意見を尊重するところじゃない」

「いつから二年C組は自由に発言できなくなったんですか」

「大げさな」

「いやいや、天条先生の影響力は大きいですよ」

「嘘!? アタシ、みんなを知らないうちに誘導しているの？ 生徒の自主性は保たないと」

俺の指摘にマジで焦りだす教師二年目。

しまった、煽りすぎたか。

「……ニッキーとレイユちゃん先生って、なんか仲がいいね。息が合っている」

黛さんは不思議そうな顔で俺たちを交互に見ながら、そんなことを言う。

「単純に今は席が近いから、話す機会が多いだけだよ」

俺はすぐに否定する。

「そう？　大抵の男子ってレイユちゃん先生と話す時は身構えているけど、ニッキーはふつうだもん」

「天条先生はあくまで俺たちの担任だろう」

「そうかなぁ、レイユちゃん先生もニッキー相手にはリラックスしてるし」

黛さんは腑に落ちない様子だった。

話を戻すように俺は自分の意見を述べる。

「とにかく！　俺も両想いが最高だと思うけど、天条先生の言うように、必ずしも結ばれる方が幸せとは限らないって考えも理解はできる」

黛さんの指摘にギクリとしていた天条先生。俺は声を張ってこちらに注意を向けさせる。

「弱気〜〜ぃ。そんなの付き合ってみないとわからないじゃん」

ごもっともで。黛さんは否定しづらい直球意見ばかりだな。

「運よく付き合えても結局傷つくかもしれないだろう」

「臆病なままなら実る恋も実らないよ」

ズバっと切り返されてしまう。

誰かこの恋愛辻斬りギャルを止めてくれ。

正論すぎて息できなくなるぞ。

「わぁー耳の痛い言葉」と天条先生も渋い顔をしている。

「黛さん。告白で余計に苦しくなることも世の中にはあるんだって」

恋愛に対して簡単にアグレッシブになれたら苦労はしない。

勇気が出せないのではない。冷静に状況を判断して、あえて抑えているのだ。

「ニッキーさ、昔なんかあったの？　恋の古傷は新しい恋で癒しなよ」

「ほっとけ！」

俺との問答を楽しむ黛さんは三日月のように目を細める。

「はい、ストップ！　ここで恋愛論について白熱したところで、なにも変わらないでしょう」

天条先生によるレフリーストップがかかる。

「大切なのは当人たちの気持ち。いくら友達でも外野だけが盛り上がるのは迷惑にしかならないから、今はそっと見守っておきなさい」

「うーん、レイユちゃん先生がそう言うなら……」

尊敬する天条先生の言葉に、黛さんはシュンとしてしまう。

このまま帰すのも可哀想に思ったのか、天条先生はある言葉を送る。

「あのね、アタシには高校時代からの友達がいるの。彼女は恋愛経験豊富だからアドバイスや応援をしてくれるけど、無理やり急かすことだけは絶対にしない。だから大人になっても親友でいられるの。何事も人には人のペースや事情がある。そこはきちんとわかってあげてね。その上で友達が助けを求めてきた時は、遠慮なく力になってあげればいいと思う」

「はーい。梨々花も友情は大事にしたいのでもう少し様子見まーす」

黛さんは元気よく教卓から離れていった。

「じゃあアタシは職員室に戻るから」

「俺も購買で昼飯を買ってきます」

先生と同じタイミングで教室を出る。

危うく黛さんにバレそうになって、ふたりして疲れた顔をしていた。

「こうやって話すのは隣人協定的には大丈夫かな」と俺にしか聞こえない声で話す。

「歩きながらの雑談だからセーフでは？」

俺は期待をこめて、是とする。

「だよね。こんなのただの雑談だし」

廊下で並んで歩きながら、話題は先ほどのことになる。

「さっきは黛さんを上手く納得させて、友達へのお節介を踏みとどまらせましたね」

あれ以上、黛さんとのレスバトルが白熱していたら俺は絶対ボロを出していたと思う。

「そこはアタシも生徒よりは大人で、少しだけ広い視野で物事を見られているから」

「天条先生には敵いません」

ちょっとやそっとではこの人には追いつけそうにない。

もっと人生経験を積めば天条先生の気持ちもわかるようになるのだろうか。

「黛さんの言ってた友達って誰だろうね。うちのクラスの子かな？」

「さぁ？　俺には見当もつきません」

「もっと広い視野を持ちなって」

「うわぁーすげえ嫌味。こっちは先生しか目に入らないんですよ」

「……それって教室での席の話だよね？」

問われて、先ほどの自分の発言を思い返す。

「も、もちろん！　物理的な問題のことです！」

「あはは、だよねー。一瞬びっくりしたぁ」

ふたりして笑い合いながら、途中でぎこちなく別れた。

※※※

木曜日の夕飯時、天条さんは満面の笑みで報告してくる。

「最近さ、久宝院さんが遅刻しなくなって嬉しいんだよね」

モーニングコール作戦は功を奏し、久宝院旭の遅刻は劇的に改善された。

俺がモーニングコールを入れるようになり、旭の応答する声は日に日に寝起き感が減った。

「このまま続いてくれるといいですね」

「こういうのは習慣だから。一度定着すれば、生活リズムも乱れにくくなるよ」

「天条さんがその証明ですね。最近は目覚まし一回で起きられるようになって」

「やっぱり朝からご馳走があると気合いが入るんだよ」

「大したものを作っているつもりはないですけど」

「いやいや、毎朝感謝してますから」

「こちらこそ、いつも綺麗に食べてくれてありがとうございます」

こんな風に食事をしながら一日の出来事を語り合うのが平日の日課になっていた。

本日のメニューはごはんとみそ汁、豚の生姜焼きに千切りキャベツ、トマト、キュウリ。副菜には薬味たっぷりの冷ややっこ。

天条さんは、男子が喜びそうなスタミナメニューに嬉々として箸を伸ばす。

その見事な食べっぷりを見るたび、作った甲斐があったと思う。

無邪気な天条さんと食事をしていると、いつの間にかご飯粒が彼女の口元についていた。

「天条さん、口元にお米ついてますよ」

「どこ？」

「左下」

彼女は自分の口元に手を伸ばすが、まだ取り除けていない。

「どこ？　とれないから、とって。ん」

ナチュラルに顔を近づけてくる。

やはり弟がいる女性は、年下男子が恋愛対象外なのだろうか。

ビビって怖気づくのも癪だったから、俺は言われるがまま指先を伸ばす。できるだけ天条さんに触れないように、自分の指をピンセットのごとく繊細な動きでそっと取り除いていく。

「はい、綺麗になりましたよ」

ところで、このご飯粒どうしよう。

「……やっぱり恥ずかしいね。年下に子ども扱いされるのって変なの」

「自分から言いましたよね⁉　なんで自爆するんですか！」

俺はティッシュ箱から一枚抜き取り、こっそりご飯粒を包んだ。

「いやー頭撫でられたしノリでイケるかと思ったけど――ふつうにドキドキしちゃって」

「照れながら自己申告しないでもらえます⁉　俺まで恥ずかしいんですが」

「ちょっとからかっただけじゃん」

迂闊というか、リラックスしすぎというか。

天条さんがわからない。

隣人協定のおかげで、それなりに親しい距離感を保っている。

部屋の中では年齢や性別を気にせずにいられるようになってきたのは、正直ありがたい。

それでも、ふとした瞬間に俺も彼女もお互いを異性として意識してしまう。

だから知りたくなる。

天条レイユにとって、錦悠凪という存在は一体なんなのだろう。

「そんな隙ばかり見せて」

「い、家の中だけだから！　それに今日は気分がいいの」

「久宝院のことだけですか？　あれは俺が毎朝起こしているからですよ」

気づいた時にはそんな言葉がこぼれていた。

途端、天条さんが箸を置いた。

「どういう意味？」

彼女は真顔でこちらを見てくる。

俺は自分の言葉に対する天条さんの反応が理解できなかった。

だって、さっきまで機嫌よくいた人が怒っているように見える。

その理由がわからず思わず黙ってしまった。

「錦くん、説明して。久宝院さんが遅刻しなくなったことに、君が関係あるの？」

油断していたのは俺の方だった。

天条さんの無邪気に喜んでいる理由が自分の手柄であることを知って、褒めてほしかった。

そんな俺の中の勝手な見栄とかすかな苛立ちから、自分で打ち明けてしまった。

彼女は真剣な表情で俺の説明を待っていた。

気まずい沈黙に耐えられなくなり、俺は経緯を話す。

「彼女に毎朝モーニングコールをしています。だから久宝院は朝のホームルームに間に合っているんです」

「いつ？　朝は君も食事を準備して忙しいでしょう？」

「天条さんが来る前に電話一本かけるだけのことです。先生も心配事が減って喜んでいましたよね？」

俺は間違ったことはしていないと開き直る。実際、誰も損はしていない。

「錦くんがそこまでする必要がある？」

あたかも俺の行いが迷惑であるように彼女は問う。

「先生に言われたから、俺は久宝院に手を貸しただけです！」

自分の行動が咎められた気がして、ムキになって反論した。

天条さんは、あ、と小さく息を呑む。

「――――そっか、そうだよね。アタシが手助けしてって君に言ったせいなんだ」

己の発言を思い出して、あからさまに気落ちしていた。

「また気を回させちゃったんだね。ほんとうに君に甘え切っているな、アタシ」

天条さんはその場で膝を抱えて石のように丸くなり、ブルーな空気を発する。

想像以上の凹みっぷりに、俺の方も困惑する。

「俺はただ、天条さんも喜ぶと思って」

「喜んでいたよ。ようやく生徒に自分の言葉が届いていたと思ったけど、アタシの勘違いだったかぁ……」

天条さんは膝を抱いたまま、ごろんと横になって床に転がる。

俺が手柄を横取りしていたことに拗ねているみたいだった。

「それにしても悠凪くんって、電話するくらい久宝院さんとは仲がいいんだ。あぁ去年も同じクラスだったから」

担任教師はわざとらしい物言いで、生徒の部屋でダンゴムシみたいに丸まっていた。

「そんなことまで知っているんですか」

「担任だもの」

「久宝院とは今回のことで、はじめて連絡先を交換しただけです。それ以上でもそれ以下でもありません」

俺は慌てて訂正する。

「君は困っている女の子にやさしいもんね」

大きな目だけがこちらを見てくる。

「そこを否定されてしまうと、俺と天条さんのこの関係も根本が揺らぐことになりますけど」

天条さんは緩慢な動きで姿勢を元に戻す。

「やっぱり、ここでの会話が外で影響が出るのはよくないな」

「天条さんだって教室でイチゴジャムの話をしたし、お互い様でいいじゃないですか」

水に流してほしい。そう願ったが、天条さんは許さなかった。

「うん、だから先に緩んでいたアタシの責任」

すべての責任を自分ひとりで引き受けるような態度が気にかかった。

「ちょっと頭を冷やす。悪いけど今夜は部屋に戻るから。夕飯を残してごめんね」

そのまま振り返ることなく、彼女は足早に部屋を出ていった。

食事を残したのは、はじめてだった。

「………」

俺も夕飯を最後まで食べる気が起きず、そのままベッドで横になる。

しばし天井を呆然と眺めた後、ひとつの結論に達した。

「がんばる社会人の邪魔をしてしまった……ッ⁉」

うわぁー死にたい。

気遣いが裏目に出た。

やり場のないもどかしさに煩悶するしかない。

「天条さん、きっと自力で解決したかったんだろうなぁ」

教師としてのプライドに障ったと考えるのなら、態度が変わったことにも納得がいく。

いくら俺がよかれと思っても、天条さんが望んでいなければ意味がない。

まさしく余計なお節介。

俺はため息と共に、己の行いを後悔した。

こんなことなら、なにもしない方がマシだったのかもしれない。

「隣人協定の破棄とか言い出されるのは嫌だな……」

この半共同生活に俺もすっかり馴染んでいた。

平日、学外だけの秘密の関係。

最初に決めたルール通り、俺たちは休日を別々に過ごしている。

しっかりと公私に線引きをしていた――つもりだった。

昼も夜も顔を合わせて生活していたら、俺も彼女も知らないうちに色んなものに慣れて緩まり曖昧になっていたのだろう。

天条さんがいなくなるだけで室温が低くなった気さえする。

手狭なはずの自室がやけに広く感じてしまう。

静かで退屈な時間だけが流れていく。

自分が孤独であることを久しぶりに思い出した。

「俺、今さびしいんだな」

そんな感覚は家を出て以来、はじめての経験だった。

一月にも満たない天条レイユとの日々が俺をすっかり変えてしまったようだ。

天条レイユは俺にとって影響力が強すぎる。

相手がいないことをさびしく思うのは、恋しさの証明でもあった。

※※※

翌朝、天条さんはいつもの時間に起きてメッセージをくれた。

レイユ：おはよう。今朝は職員会議があるから朝食はなしで大丈夫です。

「これって避けられているのか？　それとも……」

どっちにしてもタイミングが悪くて気を揉んでしまう。

昨夜の件が頭をよぎりつつも、旭にモーニングコールをかける。

すぐ電話に出た旭。寝起きのかわいらしい悪態を聞きながら通話を終えた。

いつもなら朝食を作るところだが、自分の分だけでは火を使う気も起きない。

トーストを焼いて最後のイチゴジャムを塗って、キッチンで立ったまま腹を満たす。

無作法を注意されることもないのがひとり暮らしの気ままさ。

ベッドに腰かけながらぼんやりとコーヒーを飲んでいるうちに登校時刻を過ぎており、慌てて制服のジャケットをとって家を出た。

そして日差しの熱さに顔をしかめる。

「いくら四月の終わりだからって、ほぼ夏じゃん」

太陽は暦なんて気にせず、容赦なく照らしていく。

俺は制服のジャケットには袖を通さず、そのまま小脇に抱えて駅前まで歩いた。

電車に乗って、輝陽高校の最寄り駅に到着。

「錦。今日は遅いじゃん」

いつもより一本遅れた電車で到着したのに、旭は律義に駅で待っていた。

最近は示し合わせているわけでもないのに旭と一緒に登校するようになっていた。

旭の競い合うような敵対心はすっかり消えていた。

「錦、今日は元気なくない？」

「そうか？」

「もしかして私のせいで早起きが負担になっている？」

旭は探るように見てくる。

「珍しくしおらしいな」

「さすがに毎朝電話してもらうのは多少申し訳ないとは思う訳で」

「そうだな。もう俺が旭に連絡する必要もないか」

昨日の先生との一件もある。モーニングコールを止めるなら、ここがいいタイミングだ。

「え、無理。錦が命綱」

さっきまでの控え目な態度はどこへ行った。

「……旭、自力で起きる習慣を身につけろ」

「そうなるために手助けした以上、最後まで責任をとってくれないと困る」

「最後って、まさか卒業まで目覚まし係をやらせたりしないよな？」

旭なら言いかねない。

「私が留年してもいいの？」

「その脅し文句はどうなのよ」

「クラスメイトを見捨てるなんて、錦の薄情者」

ちょっとした善意がずいぶんと高くついたものだ。

「じゃあ他の友達にでも頼め。例えば黛さんとか」

「梨々花はちょっとテンション高すぎて」

「けど黛さん、いい人だろ。あっさり引き受けてくれそうだけど」

旭は急に俺の前に回りこむ。

「錦ってああいうグイグイ系の女の子がいいの？」

「なんで俺の好みの話になるんだよ」

「いいから答えて」

さて、どう言ったものか。

「そうだな……一生懸命な人は見ていると気になる」

自然と、天条レイユのことが浮かんでしまう。

「ふーん。ガッツリ打ちこめるものがある女子は恋愛するキャパや時間が少ないから、恋人を足枷に感じやすいよ。錦によっぽどの魅力がないと望み薄だね」

旭はやたらハッキリと断定する。

「じゃあ、そっちの好きな男のタイプは？　旭なら恋人を作ろうとすれば作れるだろう」

「相手に合わせるのがだるい。人の乳を見て鼻の下を伸ばす猿がキモイ。あと、男が偉そうにするのも嫌い。つまり恋愛なんて面倒なだけ」

「そこは同意だな」

「だから錦くらいの適当さがちょうどいい」

「ちょうどいいってなんだ？」

「依存先として」

「ハッキリ依存って言いやがったな」

「じゃあ寄生相手」

「どっちも似たようなもんだろう」

「毎朝お菓子をあげているのに」

不満なの、という目でこっちを見てくる。

「むしろ毎回買ってもらって心苦しいくらい」

今日もチョコバーを貰っていた。

「それともチョコじゃなくて、チュッパチャプスがいいの？」

彼女は朝の糖分補給にいつも飴玉をなめていた。

旭は自分が舐めていたチュッパチャプスを俺の口元に差し出してくる。

「思いっきり食べかけ」

「間接キスだよ。よかったね」

「よくねえよ。そのままパクっていったら、どうするつもりだったんだよ」

「え。驚くけど、ま、錦ならギリセーフ」

「そりゃどうも」

「うわ、喜んでいる。ウケる」

「マジでモーニングコールやめようかな」

「錦、スキ、頼りにしている、イイヤツ、最高」

「とってつけたように褒めるな。嘘くさい」

下手でもいいから芝居をしてみせろ。棒読みにも程があるぞ。

「じゃあ、どうすれば続けてくれる？　エロイことでもしてほしいの？」

旭は無造作に自分の乳を両手で持ち上げた。

「人前でなにやってんだよ」

俺は慌てて注意する。

「自己アピール。胸にはちょっとした自信があります。部活やめたら急に大きくなってさ」

「そういうことは相手を選べ。迂闊すぎるぞ」

「選んでいるよ、ちゃんと」

旭は涼しげな微笑で、こちらを見てくる。

「……旭？」

彼女の手助けをするようになって、悪い子じゃないのはよくわかった。

「錦、小うるさい」

「うるさくされたくなければ自力で起きれるようになれ。それでぜんぶ終わる」

もうまともに接するのは無駄だと諦める。

「それ無理！」

旭はなぜか満面の笑みで、手元に×をつくる。

こうやって自分の弱さを晒せる久宝院旭が少しだけ羨ましかった。

教室にやってきた天条レイユは俺の見る限り、いつもと変わらない様子で朝のホームルームを始める。今日も暑いらしくジャケットを脱ぐと、二の腕が露わになる。

笑顔を振りまき、元気な声で出席を取っていく。

顔は教室後方に向けて固定したまま。

教室に入った瞬間から出欠を終えてなお、目の前にいる俺には目線を落とさない。

ほほう、どうやら今日は完全に俺のことをスルーするつもりだ。

そっちがその気なら、こちらにも考えがある。

「(じっ〜〜〜)」

俺は嫌がらせのように天条レイユをじっと見つめ続けた。

至近距離からの超ガン見。

さぁ天条レイユ、一体いつまで涼しい顔を保てる。

この重圧に耐えきれるのなら耐えてみせろ。

「今日も相変わらず暑くて夏みたいだね。天気予報だとゴールデンウイークも同じくらい暑いみたいだから、海へ行って波打ち際で遊ぶにはちょうどいいかも」

天条先生の問いかけに、教室中から口々に答えが返ってくる。

我らが担任は俺の視線を受けても、憎たらしいくらいに平然と雑談を続けた。

それにしても彼女の口にした「波」という言葉のイメージは、ふたりの関係性を表すのにピッタリだ。

俺と天条レイユの距離感は、寄せては返す波のよう。

とても近づいたと思えば、どうしようもなく遠く感じてしまう。

穏やかだったはずが、急に激しくなる。

絶えず変わり続け、決して止まることはない。

それでも日差しでキラキラと光る波間を、俺はどうしようもなく美しいと感じて飽きることなく眺めてしまう。

「ねぇねぇレイユちゃん先生、なんかぁ今日はテンションが低くない？」

黛梨々花が指摘する。

「そう？　アタシは今日も元気だけど」

「なんかぁ彼氏と喧嘩して凹んでいるみたいに見えるけど？」

別に俺は彼氏でもなんでもないが、どうして黛さんは微妙に鋭いのか。

「気のせいよ。お付き合いしている人もいません」

そのフリー発言に、クラスは沸いていた。

賑わう教室を出ていく天条先生は物言いたげな視線で最後にチラリと俺を見た。

どうも俺の熱視線に文句がありそうだったが、今度はこっちが気づかないふりをした。

事件が起きたのは、その日の夜だった。

金曜日の夜だから、いつも通りなら俺の部屋で食事をとる日である。

だが天条先生からはメッセージも送られてこないから、夕飯の有無の判断がつかない。

俺の方から大人しく確認をとればいいのだが、なんとなく昼間の態度が尾を引いて素直になれずにいた。

そうして帰宅してベッドで一休みするつもりが、いつの間にか寝込んでいた。

俺の目を覚まさせたのは絹を裂くような女性の悲鳴だった。

「なんだッ⁉」

慌てて身を起こし、悲鳴の発生源を探る。

立ち上がって部屋の明かりをつける。その間も小さな悲鳴が絶え間なく聞こえてきた。

「先生の部屋からだよな？　大丈夫か……？」

明らかにただごとではない。

今も薄い壁一枚向こう側ではドタバタと暴れるような音がしていた。

ヒィーッ、ひゃあー、イヤぁーと悲鳴が途絶えない。

「警察を呼んだ方がいいのか。いや、まだ事件だと決まったわけでは……」

俺が迷っている間も隣の部屋ではバタバタと激しい音が続いている。

「事実確認をするだけだ」

お隣さんの状況を把握しようとする言い訳を並べ立てて、俺は壁に耳を押し当てる。

「嫌ッ！　来ないで！　あっちに行ってよ！」

声の主が天条さんなのは間違いない。

「どうして勝手にやってくるのよ！　いい加減にして！」

先生は、〝第三者〟に対して拒絶の言葉を吐く。

「――ッ、迷っている場合か‼」

これまでは天条さんが俺の部屋に上がることはあっても、その逆はなかった。

最低限の礼儀であり、越えてはいけない一線。

自らの意志でそれを破るつもりはなかった。

天条レイユから特別な頼まれごとでもない限り、決して踏み入れるべきではない。

そういう物分かりのいい態度が大人だと勘違いしていた。

今の俺は自分の自主的な行動が失敗に終わって拗ねている子どもだ。

先生という大人の女性に甘い憧れを抱いている限り、俺は見上げているにすぎない。

相手の反応に振り回される受け身な姿勢では一生頼りない年下のままだ。

年齢差が縮まることはない。
だけど、本気で支えたいなら人間的に肩を並べてみせろ。
彼女のすべてを預けられても揺るぎないところを示せ。
失敗を糧にして、さらに自分から動くのだ。
俺はサンダルも履かずに部屋を飛び出す。
「天条さん！　大丈夫ですか！　鍵を開けてください！」
隣室である103号室のインターホンを連打し、扉を叩く。
すると、すぐに扉が勢いよく開かれる。
弾かれるように俺が後ろによろめく。
「助けて！」
泣きながら飛び出してきたキャミソール姿の天条さんを、俺は受け止めていた。
大人の女性があっさりと腕の中に収まったことへの驚き。
その結果として押しつけられた胸のやわらかさの衝撃。
はじめて全身で感じた彼女はとてもしっくりきた。
それは単純に異性に触れた興奮や感動なんてありふれたものとは違う。
決して代わりの人なんて存在しない、と確信させる特別さだった。
気づいてしまった以上、もう自分に嘘はつけない。

俺はどうしようもなく、この腕の中にいる人と離れたくなかった。

涙を浮かべる彼女のことを守りたいのだ。

「なんでこんな目に遭うのぉ」

泣きべそをかきながら、天条さんが顔を上げた。

「天条さん、どうしたんですか？」

俺は昨夜のことなんてとっくに頭にはなく、彼女を助けたかった。


天条さんは腰が抜けたようにまともに歩けないので、とにかく俺の部屋へ避難する。

「来てくれてありがとう。死ぬかと思ったぁ～」

本気で憔悴しているから声を出すのもやっとという有り様だった。

俺の部屋に入るなり、彼女は玄関でへたりこんでしまう。

「どうせ今日も夕飯で来るんだから迷惑かけたとか思わないでくださいよ」

俺は天条さんに謝られる前に先手を打っておく。

「――ほんとうは今晩来ないつもりだった」

「今朝も、でしょう？」

「朝はほんとうに職員会議だったのよ！　……けど、あんな態度をとった後で朝食を食べに行けないよ」

　気に病んでいたのは天条さんも同じだった。

「俺がこっそり久宝院の手助けしたのが気に入らなかったんですよね」

「ううん、教師としてはもちろん喜んでいるのよ。むしろ、君に嫉妬しているくらい」

　悔しそうに呟く。

「俺に嫉妬？」

「だってアタシが頭を悩ませていた問題を、君はあっさり解決するんだもの。教師の立つ瀬がないよ」

　要するに天条さんがご機嫌ななめになった理由は、俺が手助けしたことで久宝院旭の遅刻が改善されたことに対する敗北感らしい。

「よかったぁ〜。俺はてっきり天条さんに嫌われたのかと思いましたよ。そっか、嫉妬ね」

　真実がわかってホッとした俺も、そのまま玄関に座ってしまう。

　狭い玄関、肩が当たりそうな距離でふたり並ぶ。

「それにしたって、あの久宝院さんからずいぶんと信頼されているんだね」

「ただの便利な目覚まし時計ですよ」

「君はさ、久宝院さんのことをかわいいと思わないの？」

　その質問は残酷だ。

気になる女性から異性として意識されていないことほど悲しいことはない。

「俺がそうだって認めたら、どうするんです？」

「……、好きなら応援するしかないよ」

美しい顔がすぐ近くにあった。先ほど流した涙の一粒が長いまつ毛に残っていた。

気になって俺はそっと指で掬い取る。

こちらを向いた天条さんに俺は文句を言う。

「どうせ嫉妬するなら俺が天条さん以外の女性とやりとりしているのが気にいらない、みたいな反応の方が嬉しいんですけど」

「——少なくとも君のことは簡単に嫌いになんかなれないよ」

「え、それって……」

「お、弟みたいな男の子って意味でよ。そもそも教え子が他の女子生徒と仲良くしていたところで担任教師のアタシが嫉妬するのは変な話だよね。君とはただのお隣さん同士だもん。あ、恋人ができたら隣人協定は即時終了って新しくルールを増やそうか」

天条さんは一息でまくしたてる。

俺は思い知らされた。

錦悠凪はどこまでいっても隣人なのだ。

生活の手助けをすることはあっても、彼女をほんとうの意味で支える存在にはなれない。

少なくとも今のままでは難しいのだろう。

「部屋でお茶でも飲みましょうか」と俺は先に立ち上がった。

いつもの場所にそれぞれ座り、冷たい麦茶を飲んで一旦落ち着く。

「それで、なにがあったんです？」

「……あれが、出たの？」

口にするのもおぞましいという顔だった。

「あれ？」

「あれよ！　あれ！　黒いやつ！」

相変わらず身振りが多いが、今回はピンと来ない。

「天条さんの部屋にいたのは元カレ、ストーカー、不審者とかではないんですか？　てっきり警察沙汰かと」

「警察はいらないし、恋人なんていたことないからッ!!」

真っ赤な顔をして逆ギレ気味に、恋人がいなかったことをカミングアウトされた。

この人、割と勢い任せに口を滑らせやすいよな。

俺の反応が鈍いせいで、天条さんは苛立っていた。

「もう！　いつもは察しがいいくせに。あれよ、あの、触角が長くて黒くテカテカして動きが無駄に速いって、あーこれ以上言わせないで！」

「あ。出たんですね、ゴキ――」

「その名前を聞くのも嫌ぁ――‼」

最初の二文字を口に出したところで、天条さんの叫びに打ち消された。

自分の耳を両手で塞いで頭をブンブン振り回す。

よっぽど苦手なのだろう。

「今後その名前を口に出すことは一切禁ず！　わかった⁉」

マジで殺されそうなくらい目が据わっていた。

「了解です。とりあえず事件とかじゃなくてよかったです」

肩透かしを食らった俺は脱力した。

要するに部屋にゴキブ――もといGが出現して、天条さんはあれだけパニック状態になっていたらしい。暖かくなってきたから活動的になってきたのだろう。

「アタシにとっては大事件だから！　ひとつ屋根の下で起こった緊急事態よ！」

「俺はちゃんと対策しているので」

「裏切り者ッ！」

「言いがかりにも程がある」

「とにかくGを倒そう！　これは死活問題だよ。全面戦争待ったなし！」

天条さんは当然のように俺を巻きこもうとする。

「殺虫スプレーを貸すので、どうぞご自由に」

これで俺が天条さんの部屋に入る必要もないな。

戸棚から持ってきて彼女の前に置く。レッツGハント！　グッドラックッ！

「アタシひとりじゃ絶対無理ぃ！」

泣き言全開。せっかく武器を授けたのに触れようとさえしない。

「目標に狙いを定めてスプレーを吹きかければおしまいです。簡単でしょう」

「敵を、直視できないッ」

「直感なり心眼なりで乗り切ってください」

「そんな達人になりたくないし、なれない！　悠凪くん、冷たい！」

「さすがに女性の部屋に上がるのは憚られます」

「許すから助けて！　お願い！　退治を手伝って！　隣人協定第二条ッ！　ヘルプ・ミー！」

真剣な表情で懇願される。

潤んだ瞳に上目遣いで見つめられてしまうとドキドキしてしまう。

「君がアタシの部屋の隣だったのは、きっとこの時のためだったんだよ」

「都合よく解釈しすぎです」

「悠凪くん。アタシ、子どもの頃から虫だけは本気でダメなのよ」

ここで見捨てられるほど冷たい隣人にはなれなかった。

つくづく困っている女性は放っておけない。


いざ隣の103号室へ向かう。

「気をつけて、どこから出てくるかわからないから！」

「まだ部屋の扉すら開けてないんですから離れてくださいよ。動きづらい」

天条さんは俺を盾にするようにして背中にへばりつきながら進む。

それはもうピッタリと身体を押しつけてくる。

おかげでゾンビゲームをプレイするみたいに慎重な足取りになってしまう。

こんな風にひっつかれていては駆除作業もしづらい。

「あ、アタシが君の死角を補うから心配しないで」

声も震えているし、役立ちそうもない。

おまけに天条さんは無意識に胸を押しつけてくるのだ。Gよりそっちの方が気になってしまう。視覚的に大きなことは知っていたものの、背中で物理的な感触を生々しく味わう。

そこに想像力が合わさることで脳内はちょっとしたお祭り状態だ。

実物はこんなにもやわらかいのか。

この棚(たな)ぼた的幸福を一秒でも長く味わいたい一方、動かないわけにもいかない。

俺は涙(なみだ)を呑(の)んで彼女に向き直った。

「天条(てんじょう)さん、Gは必ず俺が退治してきます。だから俺の部屋で待っていてください」

「さすがに異性の人に見られるのは恥(は)ずかしいし」

「俺は男扱(おとこあつか)いされていないでしょう？」

「そんなわけないじゃん！」

「けど、弟みたいな男の子だって」

「弟みたいと弟は別物」

そう明言されると、せっかく隣人(りんじん)に徹(てつ)しようとしているのにまた意識してしまう。

平静を装(よそお)い、ただの害虫駆除(がいちゅうくじょ)と心の中で念じ続ける。

「部屋に上がるのはやっぱり気になるからさ」

「わかりました。じゃあふたりで行きますよ」とドアノブに手をかける。

「ちょ、ちょっと待て！」

「なんです？」

「こ、心の準備が」

「俺に任せれば大丈夫(だいじょうぶ)ですから」

「……頼もしい」

「――。お邪魔します」

俺はついに天条レイユの部屋に足を踏み入れる。

部屋の匂いからして違うことに驚いた。

同じ間取りなのに、生活している人間が違うだけでこんなにも変わるものなのか。

玄関で靴を脱ぎ、廊下を進む。

廊下の電球がひとつ切れているせいでやや薄暗い。

足元に注意しながら、殺虫スプレーを拳銃よろしく前に突き出す。

洗面所の上の方で黒い影が揺れる。ノズルの先端を急いで差し向けた。

「あ、それ水着。今日着たのを干したところでアレが出たから、吊るしたままで」

天条さんは照れた声で補足する。

競泳水着に警戒してしまうなんて我ながら情けない。

そのまま明かりがつけっぱなしの部屋に踏みこむ。

「部屋、綺麗じゃないですか」

「どういう意味よ」

「前に片づけがあまりできていないって」

先生の部屋は実に綺麗なものだ。

足の踏み場もないくらい散らかっているのかと思っていたが、まったくそんなことはない。生活感を感じるのはベッドの上に脱ぎ捨てられたままのパジャマくらい。枕元のぬいぐるみや抱き枕が女性らしかった。床には毛足の長いラグが敷かれ、丸テーブルとクッションが置かれている。壁際にはテレビ、小さなデスク一式、本棚には日本史の先生らしい歴史関係の本が並ぶ。

「あんまりジロジロ見ないでね」

「すみません」

ひとり暮らしの女性の家に上がるのははじめてだ。

担任とはいえ、年上のお姉さん。

純然たる恋愛的なイベントならば、これをきっかけに男女の仲がさらに深まることもあるだろう。男としては期待したくもなる。

が、ガチで怯える人の矢面に立たされてG退治の代行だからロマンスの欠片もない。

「ど、どう？　いる？」

「パッと見たところでは見当たらないですね」

「必ず見つけて！」

だから、ムギュっとひっつかないでくれ。悩ましい。

「テーブルの下とか家具の隙間をチェックさせてもらいますけど、いいですね？」

「お願い」

俺は部屋中の隙間を覗きこんでＧを探す。

ちょっとした探偵気分だ。

こんなに他人の部屋を隅々まで探すのは初体験。

目の届く範囲は入念に確認したが、Ｇの姿はやはり見えない。

「いませんね」

「確かにいたもん！」

「じゃあ、まだチェックしていないどこかに隠れている可能性は高いです」

「部屋の外に逃げ出したのかも」

「天条さんがそれで納得するなら、俺は引き上げますけど」

殺虫剤だけはそのまま貸しておこう。

「行かないで！」と必死になって袖を掴まれた。

「この部屋でまだ調べていない場所はベッド周り、クローゼットの中よ」

さすがに男の俺が探るのは躊躇われる。

「ここくらい、ご自分でやられます？」

「……うん、頼んでいい？」

「後で文句はなしでお願いします」

天条さんが見守る横で俺は作業に移った。

まずはベッド。若い女性が毎日寝ている場所に乗るなんて緊張する。

俺は雑念を払い、特に極力匂いを意識しないようにした。

枕や掛布団、ぬいぐるみや抱き枕をどかし、ベッドと壁の隙間などを細かくチェック。

ここにもGの姿はない。

「となると、次はクローゼットか」

ここはさらに心理的ハードルが高い。

「いいんですか、開けて？　見られちゃマズイものとかないですよね」と再度確かめる。

「大丈夫。今日中に退治できないと、今夜は寝られる気がしないから」

背に腹は代えられないという様子だった。

俺も覚悟してクローゼットを開けた。

中に置かれていた棚の引き出しが開きっぱなし。そこに並んだカラフルな下着がズラリと丸見え。なんというか刺激の強いセクシーなデザインばかりに見えた。

おまけにブラジャーのサイズ感がかなり大きい。

一体なにカップなんだと純粋な疑問が浮かぶ。

「あ、下着はダメ！」

慌てた先生は俺の前に割りこんで、引き出しをお尻で押しこんで閉じた。

恥ずかしそうに顔を赤らめていた。

と、俺も気まずくなって視線を床に落とす。黒い影が床を這いつくばっていた。

「いた！」

「嘘⁉　キャッ‼」

足元を駆け抜けていくGに、先生がまた悲鳴を上げて俺に飛びついてきた。

「ちょ、苦しい」

「なんとかしてぇ～」

「退治できないから！」

結局、部屋中に殺虫スプレーを吹きつけまくるドタバタ劇の末にGを退治した。

窓を換気して、死骸をティッシュで何重にも包み、俺の部屋のごみ箱に捨てられた。

たとえ動かなくても自分の部屋にあることさえ生理的に無理とのことだ。

作業の終了報告に先生の部屋へ戻る。

「終わりましたよ」

「悠凪くん、ほんとうに助かったよぉ」

ようやく解放されて天条さんの表情は緩んだものの、自分の部屋なのに居場所がないみたいに立ちっぱなし。

「心配なら、改めてしっかり対策をした方がいいですよ」

「待って！　なら他のところも見てくれない」

引き留められる。また要らぬ一言を言ってしまった。

天条さんの顔にも再び緊張が走る。

「こうなったら徹底的にやりましょう。まずは侵入経路を探したいので、シンクの下とか見せてもらってもいいですか」

「見つけて！　そして仲間がいたら確実に息の根をとめて！　全滅しか認めない！」

「はいはい」

水回りも点検していく。

屈みこんで、シンクの下を見る。スマホのライトで照らすが異常なし。

天条さんは確かに家事ができるのだろう。一通りの調理器具や調味料は揃っていたが、久しく使用された様子がない。

「水回りが汚いと出やすいので、かえって料理してなかったのが功を奏しましたね」

シンクやガス回りもチェックするが、こちらは特に問題なさそうだ。

食べ残しや汚れに誘われて出てきたという雰囲気はない。しっかり掃除されている。

「どう？　いる？」

「今のところは見当たらないです」

「じゃあ、どこから出てきたの⁉」

「さぁ。どうしても地上階だと入られやすいですから」

「アタシだって一階以外の部屋がよかったけど、条件に合うここしか空いてなかったんだもの。時間もなかったし、バストイレ別で家賃もちょっと安くて」

愚痴ってても仕方ないけど、現実的な理由で妥協するしかないことはよくある。

「このままじゃ今夜は部屋で寝られないから、なんとかならない⁉」

気の毒なくらいに悲痛な表情でまた泣きそうになる。

年上の威厳とか関係なく本気で困っていた。

そして、俺も残念ながら放っておけるほど薄情な男にはなれない。

「水回りを改めて綺麗に保って、出入りされそうな場所に新しい対策グッズを置くとか」

「じゃあしよう！　今すぐにしよう！　部屋の安全が最優先！」

いつになく強引だった。

俺はスマホで時間を確認する。すぐに出れば間に合うな。

「まだドラッグストアが開いてますね。今から新しいのを俺が買ってきますよ」

基本、設置型の対策グッズは使い切りだからストックしていない。

「じゃあ一緒に行く。悠凪くんの部屋には出ていないんでしょう。同じものを買う。そして、なにがなんでも今日中にケリをつける！」

目がかなり据わっていた。

「え、ついてくるんですか？　俺ひとりで大丈夫ですよ」

「アタシの部屋の問題だもん。荷物持ちくらいさせて」

「大した重さでもありません」

「この部屋で待つのは恐いんだもん。いいからついていく！」

かくして黒い侵入者のせいで、俺はお隣さんと夜の買い物に出かけることになった。


金曜日の夜、ふたりで住宅街を歩く。

勝手知ったる近所の道を自分の担任と並んで歩いているのは変な気分だった。

あたりは静かなものだ。ふたりの足音だけで誰ともすれ違わない。

「なんだか変な感じだね」

先にそう口にしたのは天条さんの方だった。

パーカーを羽織った部屋着姿の彼女と外を歩いている。

そのせいか今は彼女の存在が少しだけ身近に感じられた。

「ねぇ。悠凪くんってさ、ほんとうに久宝院さんのこと好きじゃないの？」

まったく見当違いなことを自信満々に口走った。

「またその話ですか？　しつこいな」

「だって、久宝院さんかわいいじゃない。授業中にあの子をチラチラ見ている男子、クラスに結構いるんだもの」

さぁお姉さんに相談してみなさい、という態度で接してくる。

「ゴキのせいで頭おかしくなりました？」

「略してもダメ！　その名前は決して口にするな！」

バシンと俺の腕を強めに叩かれた。

「そもそも天条さんって恋愛偏差値は低そう」

「失敬な。恋人はいたことなくても、告白はたくさんされてきたんだよ」

本人に自慢する気がサラサラないあたり、天条さんは恋愛に興味がないのだろう。

とはいえ、この人の恋愛観は気になる。

「じゃあ、好きな人と付き合うためのアドバイスをくださいよ」

天条さんは、したり顔で恋愛成就の方法を述べる。

「恋愛は短期決戦！　女性は知り合ってから時間が経ちすぎると、その男性を恋愛対象として意識しなくなるっていうし。だから短い間にたくさん会って話して相手の恋愛スイッチを入れるためにも接触頻度が鍵になるの！」

「恋愛スイッチってなんですか？」

俺は即座に質問する。

「えーっと、相手をドキドキさせる状態にすること、かな」

「ドキドキさせるには具体的にどうすれば？」

間髪入れず次の質問をぶつける。

「矢継ぎ早すぎない⁉」

「アドバイスを求めているだけですよ、お姉さん。さぁ答えてください」

俺は笑いながら、考える時間をあたえず答えを求める。

「ちょっと待ってよ」

「えー考えないとわからないんですか？」

「悠凪くん、なんか意地悪」

「気のせいじゃないですか？　というか、さっきの答えは誰かの受け売りでしょう」

「なんでわかるのッ⁉」

俺が見抜くと、天条さんは目を丸くする。

「実感をともなって聞こえません」

「アタシの恋愛経験豊富な親友が言っているんだから、アドバイスそのものは間違ってないよ。

接触頻度、超大事！」

「ご自分では実践しないんです？」

「嫌なところを突くなぁ」

天条さんは夜空を見上げて、自分の話を逸らす。

「あと、気づいてます？」

かれこれ我が家で夕飯をとるようになって一か月近く。

昼は学校、夜は俺の部屋。どんな友達、家族よりも俺は天条レイユと話している。

「なにが？」

「……俺にとって接触頻度が一番多い女性は、天条さんがぶっちぎりなんですよ？」


天条レイユは誰が見ても美人だ。

多くの者は好意を抱き、しかしそれ以上の関係性に発展することはないとわかってしまう。

彼女とは住む世界が最初から違う。

ただ偶然、同じ時期に近い場所にいるだけ。

近くに居合わせた幸運に感謝し、こんな美女と言葉を交わせたことで満足するべきだ。

魅力ある人はただ側にいるだけ周りの人間を幸せにできる。

あるいは――狂わせることも。

もしかしたら俺もそのひとりに過ぎないのだろう。

言葉にすると胸の奥で押し殺していた感情がざわめく。

鼓動が高まり、激しく脈打つ。

頭は高熱に浮かされるように、まともな思考を阻止しようとする。

生理的な欲求だけで突き動かされているわけではない。

年齢差や立場の違い、常識とか、そういう理性的な制限を取り除いて、単なる男と女として天条レイユに対する正直な気持ちはもうはっきりしていた。

錦悠凪は俺の担任教師を現実的な恋愛対象として捉えている。

笑って、泣いて、喜んで、焦って、怒って、嬉しがって、驚いて、また笑って——これまでの日々で見せられた彼女の表情すべてが愛おしい。

こっちの恋愛スイッチはとっくにオンされていた。

俺は、どうしようもなく天条レイユという女性が好きなんだ。

「————」

天条さんは息を呑み、その場で動かなくなった。

当たり前だと思っていた常識が突然覆ったような衝撃に理解が追いついていないようだ。

「もう一度言いましょうか？」

いつまでも背後で動かない彼女に振り返って、俺は問いかける。

「いい！　大丈夫！　聞こえては、いるから！」

彼女は硬い表情のまま、小走りに追いついてきた。

どうやら揺さぶれてはいるようだ。

「あっ〜〜えっと、いやいや、こんな年上はさすがに対象外じゃない」

天条さんは手をバタバタさせながら全力で否定する。

そっちこそ年下には興味がないくせにこうやって慌てるのは一体なんなのだろう。

とぼけるならもっと冗談っぽくしてくれ。

学校で見せる余裕のある態度であっさりと受け流してくれ。

中途半端な反応をされると、俺もどこかで期待したくなってしまう。

「ほら、いくら食事を一緒にしていてもなんていうか限りなく家族に近い、みたいな？　頼れるお姉さん的ポジションだよ」

「天条さんをお姉ちゃんって思いこむのはやっぱり厳しいです」

「頼りなくて悪かったわね」

「拗ねないでくださいよ。俺はそういう天条さんが好きなんです」

「だから大人をからかうな！」

「正直な気持ちです」

「なお悪い！　こんな夜道を歩いている時にしれっと言われても本気にできない！」

「へぇ、じゃあシチュエーションが整っていればいいんですね」

いいことを聞いた。いつか役立てよう。

「そういう問題じゃなくて！」

「俺のこと、迷惑ですか？」

「今のアタシは近づきすぎても離れられても困るの！　それだけはハッキリしている！」

やっぱり、俺と天条さんは打ち寄せる波のような関係だ。

常に接し合っていながら、その境界線は曖昧。

はっきりと白黒をつけるような明確な一線を引けない。

「こういう答えは、ちょっとズルいのかな」

自嘲するように呟く。

「まさか。そのおかげで俺は近くにいられるんです」

天条レイユが見た目通りの完璧で欠点のない大人なら、俺は彼女のプライベートに携わることもきっとなかった。

皮肉なものだ。

「――、そういうところが女子を勘違いさせるんだぞ」

「え？」

「なんでもない！」

いつの間にか目的地のドラッグストアに着いており、天条さんが駆け出す。

「はい！　着いたから、この話題はもうおしまい！　わかった？」

天条さんはくるりとこちらに振り返り、ピシリと指をさす。

背後の店舗の明かりのせいで彼女の姿がくっきりと浮かび上がる。

夜なのに眩しく感じられて、俺は目を細めてしまう。


ドラッグストアに入ると必要なG対策グッズ一式をかごに放りこみ、会計へ向かおうとして俺は別の棚の前で止まる。

「まだ他に買うものあるの？」

「天条さんのところの廊下の電球、切れてましたからついでに買いましょう」

「よく観察しているね。助かる」

やるじゃん、と天条さんが肘で突いてくる。

「あ、でも電球のサイズとかわかるの？」

「部屋の間取りは一緒なんですよ。設備だって同じですから」

「どれが合うのか覚えているって凄くない？」

「前にも交換したので」

俺は選んだ電球もかごに入れる。

「買おう買おうと思って、いつも忘れちゃうんだよね。気づいてくれてありがとう」

「廊下が明るければ水着を警戒せずに済みましたから」

ちょうど浴室の前あたりが暗かったから、俺の記憶にしっかり刻まれていた。

「そう？　ほんとうは水着にドキドキしただけとか？」

からかうように俺の顔を覗きこんでくる。

「いいから会計してきてください」

「あー誤魔化した」

「……そりゃ男ですから、水着は別格ですよ」

「ふーん。水泳部に入ったら見放題だよ」

天条さんはそう言ってレジへ向かう。

そりゃ天条さんはスタイルがいいから水着もよく似合うだろう。

魅惑的な肉体を包む機能性の高い窮屈な薄布は、彼女の引き締まった身体と女性的なふくよかさを否応なく強調させる。

想像するだけでも強烈なのだから、実物を拝んだ日には冷静でいられるのだろうか。

幕間三　意識しちゃう

ドラッグストアからアパートに帰ると、彼の部屋で昨日残した夕飯を温めて食べた。

遅めの夕飯を終えると、再びアタシの部屋に対策グッズを設置した。

「はい、怪しそうな場所には一通り対策しました。煙を焚くやつは、本人がいない時にやってください。危ないから焚いている最中は必ず外にいてくださいね」

「これで人類は救われたよ。ありがとう、悠凪くんッ！」

「大げさな」

「アタシにとってはそれくらいの偉業なんだから」

「じゃあ、おやすみなさい。また月曜日に」

彼が帰ると正直ホッとしてしまう。

男の人を自分の部屋に上げるなんて、人生はじめてのことだったから勝手がわからなかった。しかもGのせいでアタシ自身いつも以上にダメダメだった気がする。いや、間違いなくいつも通りにはいかなかった。

「ダメだ、客観的になればなるほど彼に頼りっぱなしだ」

ただでさえ平日の食事作りをお願いしているのに、今日はG対策に電球交換まで任せてしまった。こっちの行き届かないところまでフォローしてくれている。

「このままじゃマズイ。ほとんど依存に近いってば」

今やアタシの生活は完全に彼の支えなしには回っていかなくなっていた。

近頃は最初とは違う意味でドキドキするようになっている。

悠凪くんが久宝院さんにモーニングコールをかけている件で気まずい雰囲気になった後でも、アタシのピンチに駆けつけてくれた。

はじめて異性の身体に触れてドキドキしてしまった。想像していたよりもずっと逞しくて、女の身体とはまるで別物だと意識してしまう。

ただ、ここまでなら緊急事態で自分も冷静じゃなかったと言い訳ができた。

トドメになったのはドラッグストアへの行きがけで言われた、あの言葉。

『……俺にとって接触頻度が一番多い女性は、天条さんがぶっちぎりなんですよ？』

「一体どういう意味なのよ！　大人をもてあそぶのも大概にしなさい！」

抱き枕に八つ当たりする。

変に見栄を張って完全に自爆してしまった。

「こっちの気苦労も知らないで！　もう！」

ただでさえ彼の部屋では緊張を悟られないように余裕ぶっているつもりが、いつの間にか素の自分を曝け出されていた。

学校でも席が近いから気を抜くと、教師モードが保てなくなってしまいそうになる。

今日もあんなにガン見されたら意識してまともに仕事なんてできないってば！

錦悠凪の存在に思った以上に揺さぶられてしまう。

なによりタチが悪いのは、あんな風に言われて喜んでしまっている自分がいることだ。

この未知の感覚をどうすればいいかお手上げ。

親友がアドバイスしてくれた接触頻度の件に従えば答えは明白だ。

——もしかしてこれが禁断の恋のはじまり⁉

「(ひゃあ～～～～～～～～～‼‼‼‼‼‼)」

抱き枕を抱きしめながら声にならない声が漏れる。

え、なにそれ。色んな意味で無理。

ダメよ、天条レイユ！　彼は年下で未成年よ。恋をしてはいけない相手なのに！

どれだけ頭でブレーキをかけても、胸のあたりの激しさは収まらない。

息苦しくなって、アタシは顔を上げる。

認めてはいけない。認めてしまえば決定的な総崩れが起きそうな予感があった。

アタシは自然とニヤケそうになる口元を両手でむにっと押さえこむ。

手を放す。

やっぱり気持ちはソワソワして、表情が緩んでしまう。

はじめてふたりで夜道を歩いた時、なんだか新鮮でふつうに楽しかった。

「いや、楽しんでどうするッ⁉」

毎度、彼と別れてひとり反省会をしても一向に状況は改善しない。

むしろ悪化する一方だ。

「隣人協定があればなんとか乗り切れると思ったのに……」

同じアパートのお隣同士、ほとんど共同生活みたいなものだ。

弟と同い年くらいの男の子だから食事くらいで変わるものなんてないと思っていたのに。

完全に考えが甘かった。

いや、考えたところで自分の違う部分が敏感に反応してしまう。

赤の他人が日常に組みこまれるだけで、色んなコントロールが利かなくなっていく。

恐いはずなのに、知らぬ間に前のめりになってきている。

「この関係はなんなのだろう……」

身体を横に倒す。

男と女。

生徒と教師。

年下と年上。

お隣さん同士。

どんな言葉に当てはめてもしっくりこない。

友達にしてはかしこまりすぎて、姉弟にしては近すぎて、家族と呼ぶには無理がある。

不思議で、奇妙な心地よさがある曖昧な距離感。

緊張とリラックスを両天秤にかけながら、常に揺れ動いているような気分だ。

「君の先生でも恋人になれますか？」

誰に訊ねるわけでもない女々しい独り言。

口にしながらも結論だけはハッキリしている。

今のままでいい。

十分だ。

浅瀬で水遊びしている限り、きっと溺れる心配はない。

もっと深いところに進もうとすれば、この居心地のいい関係は泡のように消えてしまう。

曖昧だからこそ浸っていられる。

「明日が休みでよかった」

休日ならば彼と顔を合わせることもない。

安心できるはずなのに、物足りないとも感じていた。

第四章　雨

「天条さん⁉」「悠凪くん⁉」

Ｇ事件から一日置いて、日曜日の昼過ぎ。

俺たちは駅前にあるスーパーマーケットの店内で鉢合わせしていた。

同じ生活圏で暮らしていれば、当然同じお店を利用していることもある。

こうして顔を合わせる可能性もゼロではない。

ただ、いざ部屋でも学校でもない場所で会うと妙な気分だ。

今日の私服姿もかわいい。

学校でのかっちりしたスーツ姿でもなければ、リラックスできる部屋着とも違う。

春らしい淡い色合いの薄手のワンピースにデニムのジャケットを羽織り、長い髪は下の方でふたつに束ねたカジュアルな格好だ。

そのせいか、いつも以上に年上だという感覚が薄まる。

「なんかコーデ被ったね。ペアルックみたい」

俺の服装も、シャツの上にデニムのジャケットを着ていた。

「気になるなら、俺が上だけでも脱ぎます？」

「スーパーの中って意外と寒いでしょう。アタシは問題ないよ」

立ち話も邪魔になるので、とりあえず歩き出す。

「あれから部屋の方は大丈夫ですか？」

「うん。煙のやつも昨日焚いて、我が家の防御力は格段にアップしたよ」

「また困ったことがあれば、気軽に頼ってください」

「次は悲鳴を上げる前にそっちに駆けこむことにするよ。悠凪くんはお買い物？」

「はい。天条さんはどこかお出かけしていたんですか？」

「ううん。君と同じで食材の買い出しだよ」

「オシャレな格好だから、てっきり遊びにでも行っていたのかと。似合ってますね」

「ありがとう。けど、ただの普段着だよ」

「着ている人も着ている服もいいからですよ」

「お世辞を言っても、なにも出ないよ」

スーパーだから、もちろん天条さんの買い物かごにも食材が入っていた。

「料理くらい俺がするのに」

「君のおかげで少し余裕ができたから。お休みの時くらいは自炊しようかなって」

「好きなものも食べられますね」

「言っておくけど、君の料理にまったく不満はないからね！　念のため！」

俺の何気ない言葉を、天条さんは慌てて訂正する。

「なんか食べたいものあります？　あれば材料を買いますけど」

「えーどうしよう。むしろ毎回なにが出てくるのかが楽しみだからな」

「そんなに？」

「働くための立派なモチベーションだからね」

「こりゃ気合いを入れないと」

「逆に悠凪くんは食べたいものある？　よければ今晩にでも、おすそわけしようか？」

出会いのきっかけを思い返して笑い合う。

「無理しなくていいですよ。休みの日はしっかり休まないと」

「日頃のお返し」

「悪いですよ」

「それなら、ベタに肉じゃがを作ろう！」

俺が遠慮すると、天条さんはひとりで決めてしまう。

「あぁ、肉じゃがはまだ作っていませんでしたね。俺もやろうかな」

「ちょいちょい！　君が作ったら意味ないじゃん」

俺の背中をテシっと叩かれた。

「隣のお姉さんがおすそわけの定番・肉じゃがを持ってきたらテンション上がらない？」

「めっちゃ上がります」

「じゃあ、やる！」

天条さんは早速必要な材料を取りに戻り、俺もそのまま一緒に店内を回った。

会計を済ませてスーパーを出る。同じアパートに住んでいるから、必然的に帰り道も同じだ。

駅前の商店街を歩いていると、お肉屋さんの店先のコロッケという文字に目を奪われる。

ちょうどおやつ時で、小腹も空いたところだった。

横を見れば天条さんも同じようにコロッケが気になっている様子だった。

俺たちが一緒に立ち止まっていることに気づいたお肉屋のおばちゃんが呼びかけてくる。

「そこのカップルさん、ちょうど揚げたてだから美味しいわよ。よかったらどう！」

「「カップル⁉」」

その営業トークに、俺と天条さんは顔を見合わせる。

「アタシたち、そんな風に見えるのかな」

「似た服装のふたりが並んでスーパー帰りの大荷物ですから勘違いしたのかも」

どう考えても釣り合いがとれていない組み合わせなのに、強引な呼びこみもあったものだ。

ま、客商売は気づいてもらってナンボなのだろう。

「せっかくなら揚げたて、食べません？」

「賛成」

天条さんがふたり分のコロッケを購入して戻ってくる。

「悠凪くんは両手が塞がっているから、食べ歩きは厳しいかな」

「天条さんは気にせず先に食べてください。せっかくの揚げたてなので」

「それこそ君も味わうべきだよ。はい」

天条さんは俺の口元にコロッケを差し出してくる。

「このまま食べろってことですか？」

「サクサクホクホクを食べるのが一番美味しいと思うけどなぁ」

「恥ずかしいんですけど」

「誰が見ているわけでもないでしょう。ほら、冷めないうちに」

揚げたての誘惑には抗えない。

行儀悪いが、俺は思い切ってかぶりつく。

ふたりで歩きながら、時折天条さんに食べさせてもらいながらアパートへ戻る。

「お味はどう？」

「美味いです」と口の中を火傷しないように、食べていく。

「お、ほんとだ。イケるね。いつも帰る頃にはお店が閉まってたから食べるのはじめて」

「お店の揚げ物は安定の美味さですね。家で揚げ物に挑戦するのはまだハードルが高くて」

「へぇ、悠凪くんでも苦手なことあるんだ」

「ひとり暮らし歴一年弱ですから」

「揚げ物を上手にできたら大したもんだよね」

「あれ、期待されてます？」

「解釈は任せる」

「さすがに夏休みまでに上達するのは。しかも夏に揚げ物って」

「……？　なんで夏休みまでって締め切りがあるの？」

「えっと、引っ越しの話は……」

申し訳ないと思いつつ、隣人協定の時に決めたことを再確認する。

「あ～……、そうだね。そうだった、そういう約束していたもんね」

「問題があるなら無理しないでください。やっぱり俺の方が」

「そういう面倒事を引き受けるのが大人の責任」

天条さんは教師の顔になり、頭上を見上げた。

「……あれ、なんか雨降りそう」

午前中の晴れが嘘のように、気づけば曇り空が広がっていた。

「天気予報を見ていないんですか？　今日はこれから雨ですよ」

「嘘!?　洗濯物が干しっぱなしだ！」

ちょうど、ポツリと雨粒が落ちてくる。

降り出した雨はあっという間に勢いを強めて、アスファルトを黒く濡らしていく。

「あ、天条さん！ 俺、折り畳み傘を持ってますよ」

「近いから大丈夫！」

「じゃあ走りましょう！」

雨脚が強まる中、買い物袋を両手にしっかり握りしめて急いだ。

アパートまで数分の道のりだったが、その間も雨は激しさをましていく。

「これ、走るだけ無駄では？」

顔を濡らしながら俺は呼びかける。

「せっかく溜まってた洗濯物を干したの！ また洗い直しなんて嫌！」

天条さんは諦めない。

「足を滑らせないでくださいよ！」

アスファルトはすっかり濡れて黒光りする。

俺たちのアパートが見えてきた。

「悠凪くん！ ごめん、手伝ってもらえる。ちょっと量が多くて」

「わかりました！」

103号室の鍵を開けて、ふたりで駆けこむ。

廊下が濡れるのも構わずに部屋を突っ切って窓を開ける。

ふたりで協力して、物干し竿に下がっていた洗濯物を大急ぎで取りこんでいく。

すべてを室内に仕舞うと、床にこんもりと洗濯物の山ができていた。

俺たちもようやく濡れた上着を脱ぐ。

「わー全滅。洗濯し直しかぁ」

「洗濯で手伝えることあります？」

落ちこむ天条さんに申し出る。

「どこの世界に男子生徒に自分の下着を干させる女教師がいるのよ！　プレイか！」

「いや、下着類はさすがに抜いてくださいよ。俺も困りますし」

俺は冷静に切り返す。

「〜〜〜〜」

「天条さんって実は男に免疫ない感じですか？」

「はぁ？　あるし。別に近づいても問題ないから」

ムキになった天条さんが急に近づいてくるから俺は反射的に後ずさる。

足元が見えていなかったから、引いた片足を勢いよくゴミ箱に突っこむ。

そのままバランスを崩して床に倒れてしまった。

受け身もとれないまま背面を打ちつけて、鈍い衝撃が突き抜ける。

「〜〜〜ぃづ」

声にならない声が漏れ、痛みの不快感に顔をしかめて目を瞑るしかなかった。

「悠凪くん⁉　大丈夫？　すんごい音がしたけど」

声が近くなったから、側に寄ってきたのだろう。

「地味に痛くて死にそう」

「え、嫌だ。病院行く？」

「しばらくすれば落ち着くので、ちょっと休ませてください」

「なにか欲しいものはある？」

「じゃあクッションを」

痛くて、しばらく動く気が起きない。申し訳ないがしばらくは床で寝かせてもらおう。そのへんにあるクッションを枕代わりに借りられればありがたい。

「わかった。――はい、頭を高めに上げて。いいよ」

言われるがまま首を起こして、力を抜く。

「ん……？」

反発が一般的なクッションとは異なる。布地の感触がせず、やわらかくて温かい。

目を開けると、天条さんの顔が真上にあった。束ねた髪も解けていた。

「どう？　頭を打って、気分が悪いとかない？」

「膝枕、してくれたんですか？」

「お、落ち着かないならやめるけど」

照れるのを悟られないようにしたいのか、彼女は俺の方を見ない。

「いえ。最高の寝心地です」

「ならよかった」

電気のついていない部屋、外のうすぼんやりとした明かり、雨音だけしか聞こえない。

雨で濡れたせいで、すべてが違って見える。

薄桃の唇や髪がいつもより艶めき、濡れて張りついた衣服は彼女の扇情的なボディーラインを浮かび上がらせる。成熟した大人の女性らしい胸やお尻に対して、手足の細さや肩の華奢さがよくわかった。なにより触れている身体のやわらかさに驚かされる。

「……下着が透けているかもだから上は見ないで」

「すみません」

そのままお互いの体温を感じながら、動かないまま時間が過ぎていく。

「雨、すごいね。どんどん激しくなる」

「本降りになる前に帰ってこられてよかったですね」

「君の部屋は隣だけどね」

「お邪魔なら帰ります」

「タイミングは任せるよ。今さら、どっちも自分の部屋みたいなものだし」

膝枕の影響か、彼女はそんな言葉を漏らす。

空を引き裂くように激しい光が弾ける。

雷の閃光に浮かび上がった女性の顔。

俺の網膜が捉えたのはモノクロ。

直後の雷鳴。

世界を突き崩すみたいな激しい音に彼女の濡れ髪から滴る雫が俺の頬に落ちた。

「冷た」

「早く拭かないと風邪引いちゃうよね、うっかりしてた。今タオルを持ってくるよ」

立ち上がろうとする彼女より先に俺は身体を起こして、衝動的にその細い手首を摑んでいた。

彼女は身を硬くして動かない。

──まるで俺が行動しなければ時間も止まったままみたいだ。

雨で濡れたままのシャツが張りついて気持ち悪いのに、身体だけはやたらと熱い。

押し殺していた情欲の炎を自覚するには十分すぎた。

心臓が破裂しそうなほど高鳴る。

あらゆる物音をかき消すように激しい雨音だけが部屋を満たす。

俺の身動きする音なんて決して聞こえはしない。

そんな許しを天から得たようにも感じる。

「いかないでください」

天条さんは背を向けたまま肩で大きく息を吸った。

見上げるだけだった人の腕を引き、そっと床に座らせる。

手を離すが、彼女は逃げなかった。

「濡れて寒くないの？」

「人肌で温かかったので」

「なんかいやらしい言い方」

「感想は自由だと思いますけど」

「アタシが余計なことをしたからか」

「俺にとっては人生で最高の枕でしたよ。ずっと寝ていたいくらいです」

「そしたらアタシの脚が痺れちゃうよ」

「なら、どうして膝枕をしてくれたんですか？」

俺は気になって訊ねる。

「逆にさ、君はアタシとどうなりたいとかあるの？」

かつてないほど彼女の問いかけはストレートだった。

「もっと近づきたいです」

「それって愛情？　それとも性欲？」

「両方です。どちらか一方だけで振る舞えるほど器用でも単純でもありません」

愛情と性欲は表と裏だ。

どちらか一方が尊くて、もう片方が汚いなんてことはありえない。

無償の愛もどうしようもない生理的な欲求も混ざり合って人間は生きている。

そこに人間という生き物の面倒くささが凝縮されているように思えた。

「きっとね、アタシも君も雰囲気に流されちゃっているだけだよ」

「俺は違います」

そこだけはハッキリしていた。

「じゃあ、アタシが近くて都合のいい女だから」

「そんな安っぽい理由なら、とっくにベッドへ押し倒しています」

彼女はビクリと肩を震わせた。

「あ……、すみません。ただ俺は大切にしたいだけで」

「――アタシは君が期待するほど大した女じゃないよ」

顔を伏せたまま囁くような声で告げる。

「天条、さん……？」

なにか嫌な流れを感じる。

目の前の女性は、人が変わったように流暢になった。

「流されて、君という異性を受け入れるのはとっても簡単だと思うの。後先考えないで素直になれれば満足できることもある。だけど、それで君とアタシはもっと幸せになれるのかな？」

理解を示しながらも理屈を並べ立て、ついさっきまで近くに感じられたはずの彼女の心が離れていくようだった。

「変に気を持たせたアタシも悪かったよ。一緒に過ごす時間の楽しさは本物だし、君の料理はアタシを幸せにしてくれた。だけど、これ以上の深い付き合いになるのはよくないよ」

「どうして？」

「君の苦い思い出になるなんて――アタシは嫌だな」

こちらが口を挟む暇もなく、彼女は早口で気持ちを述べていく。

「ダメになる、前提なんですね」

「生徒は卒業する。生徒と教師の関係が終わったら、この距離感も必ず変わるでしょう」

「俺はいい方に変わりたいんです」

「勇気を出してくれてありがとう。おかげで自分の無責任さがよくわかったよ」

彼女が立ち上がると同時に、猛烈な稲光が部屋を白く染めた。

背を向けた彼女の影が黒く浮かび上がる。

「痛みは収まったよね。なら、もう帰って」

こちらを見ないまま扉の方を指差す。

「自分ひとりが悪いみたいな言い方で勝手に解決したつもりにならないでください。これは俺たちふたりの問題です」

俺も立ち上がる。

「大人しく、従ってよ」

「天条さんはさっき言いました。『君の苦い思い出になるなんて――アタシは嫌だな』って」

「それが、なに？」

気だるげに首を傾げて煩わしそうだった。

「おかしいですよ。最後は関係が壊れるなんて、誰が決めたんですか？」

未来は誰にもわからない。

彼女は今の関係が終わるのが嫌だから、先に進むのを避けようとしているように思えた。

「――――ッ、この関係がおかしいのは最初からでしょう！」

ムキになりながらも彼女はこちらを見ようとはしない。

「俺が知りたいのは、もっともらしい大人の言い訳じゃありません。あなたの本心です」

天条レイユなら大人な態度でこちらを利用するにせよ、冷たく突き放すこともできた。

なのに彼女は中途半端だ。

離れることを促しながらも、ハッキリと拒めない。

いつまでも顔をこちらに向けてくれないから、俺はもう一度だけ彼女の手を取ろうとした。

「やめてよ！」

勢いよく跳ねのけた彼女の手は、俺の頬に当たってしまう。

「あ、ごめん」

すぐに謝罪しながら、ようやく顔を上げた。

彼女は怒るわけでも嫌がるわけでも、俺を心配する表情をしていた。

「天条さんって芝居が下手ですよね」

俺はわずかに近づく。

彼女は逃げるように身を引く。その後ろにはベッドがあるのを失念しているようだった。

勝手に足を取られて、彼女は背中からベッドに倒れてしまう。

「……………嘘」

俺のわずかな動きで、あっさりベッドに寝かされたことに呆気に取られていた。

これ以上逃がさないように、彼女に覆いかぶさるように俺もベッドへ上がる。

ふたり分の体重で軋むシングルベッド。

こんな真似は本意ではない。

だけど、おすそわけで出会った時も、彼女は肝心な対話を避けるように逃げ出した。

今ここで引いたら、もう一度話し合う勇気を出せる自信がない。

「これ以上誤魔化そうとするなら、どうしたものか」

俺はできるだけ冗談っぽく軽薄な言い方をする。

いつものくだらない茶番劇に持っていければ、彼女も話しやすくなると信じて。

「アタシのベッドに許可なく乗らないでよ」

彼女も強気さを取り戻す。

「天条さんだって俺のベッドで寝ていたじゃないですか」

「あ、あれは事故よ！」

「じゃあ、これも事故ですから」

俺が堂々と開き直ると、彼女はムスっとした表情で睨んでくる。

だけど、すぐにか細い声で文句を言う。

「男の人に押し倒されたなんてはじめてなのに」

「ずいぶんあっさりでしたね」

「ねぇ、そういうテクニックでもあるの？」

精一杯虚勢を張っているのがかわいらしかった。

「あったらテクを駆使して、まずは天条さんとキスでもしています」

彼女は慌てて両手で自分の唇を隠す。

俺は笑ってしまう。綺麗な年上の女性のこんな初心な反応に、ときめかない男はいない。

「キスをしたいだけなら寝ている時に黙ってしてますよ」

「それもそうか」

「はい。天条さんは無防備すぎるので」

「君も、よく我慢できるよね」

「それができそうもなくて、さっきビンタされました」

俺は己の失態を認める。

「さっきのは偶然で……痛くなかった？」

この期に及んで、彼女は甘さを拭えない。気遣うように俺の頬に手を伸ばす。

冷えた手が熱を帯びた頬には気持ちよかった。

「平気ですよ」

「痛いのが好きなの？　実はマゾとか？」

「年上のお姉さんには激しくリードされるのも悪くないですね」

「さりげなく自分の要望を伝えるな！　……プレッシャーになる」

「え、それって⁉」

「露骨に嬉しそうな顔するな、バカ！」

頬にやさしく触れた手で、そのまま俺の顔を遠くへ押しのけようとする。

「だって期待したくなります」

「〜〜〜」

彼女は、俺の下で視線を右往左往させながら身を硬くしていた。

俺は次の言葉を待つ。

「もしもね、自分の欲求とか気持ちを一度でも受け入れちゃったら、アタシはもう我慢できなくなると思う。色んなことがもっと欲しくなって止まらない。だけどアタシには今の関係以上に上手くいくイメージがわからない」

「どうして無理って決めつけるんですか？」

「──永遠の愛なんて信じられないから」

俺はわずかに言葉を失ってしまう。

こんなにも美しい人がそんな自信のないことを言うなんて。

「二十歳をすぎた女がこんなことを言って、引いたでしょう？　ね？　引いたよね？」

「乙女チックでかわいらしいですね」

「〜〜〜ッ、うるさいわい！　あっさり許容するな！　心の広さが太平洋か！」

「太陽みたいな人がなにを言っているんですか」

「だーかーらー、そういうところなの！　素のアタシは君に憧れられるほど綺麗でも立派でもないんだよ！　それに年上で先生だから、今はよくてもいつか幻滅される日が絶対に来るってば！　そんな結末が恐くて嫌なの！　だから先には進めない！」

彼女は子どもが駄々をこねるみたいに泣きそうだった。

「お願い。今日はとりあえず帰って」

今度こそ俺は従うしかなかった。

錦悠凪が生徒ではなく違う立場だったら、受け入れてくれたのか。

俺が天条レイユより年上ならば、この関係は先に進めたのか。

彼女が恐がらずに、遠慮なく頼れる男だったなら悩まずに済んだのか。

いや、問題はきっとそれだけではない。

俺たちの間に芽生えつつある感情が恋ならば、今のまま踏み出すだけでは足りない。

彼女自身が抱えている〝愛〟に対する不信感を拭い去ってやれない限り、きっと悲しい結末を辿ってしまう。

本人もそれをわかっているから、この先へ焦って進もうとしない。

傷つく未来より、曖昧で心地よい現在を望んでいた。

今の俺は好きな人を泣かせられても、涙を止めることはできない。

そんな自分が悔しかった。

幕間四　君がいないと

『まとめると偶然お隣に住んでいたのが自分の教え子で、一か月近く食事を作ってもらう生活をしているうちに、自分的にもまんざらではないと思っていた。けど、相手の男の一面を見せられてビビって拒否しちゃったの⁉　鬼ですか！　残酷すぎ！　その彼、可哀想ぉ』

悠凪くんが出ていった日の夜、アタシはひとりで抱えこんでいられず親友に電話で洗いざらいぶちまけた。

「身も蓋もないまとめ方をしないでよ」

『泣き言を言わない！　一番泣きそうなのは、そのお隣の子の方です！』

「うぐッ」

耳の痛い言葉に、思わず隣の部屋と接している壁を見てしまう。

『はぁ～。ツッコミどころが多すぎて、どこから手をつければいいやら。レイユちゃんからのはじめての恋愛相談に浮かれたわたしの感動を返して』

電話越しに聞こえた盛大なため息。

「べ、別に恋愛相談じゃないし！　ただのご近所問題の話だし」

『あのですね、男と女が出会ったら常にロマンスの可能性を孕んでいるの！　最初の何気ない日々が振り返れば馴れ初めと呼ばれるようになるの！　すなわち、すべて恋愛相談！』

いつになく強く主張する。

「恋、愛……」

やっぱり、アタシのこの気持ちは恋愛に分類されてしまうのか。

『それにわたしが聞きたいのはレイユちゃんの浮かれたハッピーなエピソードであって、そんなガチで重たい失敗談じゃないです！』

「れ、恋愛相談なんて大抵重たいものでしょう。それに失敗って」

ハッキリ失敗と言われて、胸が痛んだ。

『せっかく気になっていた人からアプローチされたんでしょう！　その千載一遇のチャンスを自分で棒に振るなんて。失敗以外の何物でもないです！　あーどうしてもっと早くに相談してくれないんですか⁉』

十代の時からずっと自分を見ている親友は、我が事のように怒っていた。

その言葉はいつになく厳しい。

「だって急な雨で手伝ってもらって。彼が倒れたのが心配だっただけで」

『それで最後にレイユちゃんが誘惑したからでしょう』

「誘惑だなんて、そんなッ」

そんなつもりはない。

なかったけれども自分でもいつもより大胆になっていた自覚は確かにあった。

『今日一日だけでも余罪を数えたらキリがないでしょう。スーパーで鉢合わせ、荷物を持ってもらって、帰り道も一緒。途中で買い食いをして、両手の塞がっていた彼にコロッケを食べさせてあげた。雨が降ったから自分の洗濯物を取りこむのを手伝わせた。おまけに膝枕って――あーいやらしい』

「い、いやらしくないってば！　ただの介抱！」

『そうやってレイユちゃんが色んな行動を積み重ねたら、男性が動くのも当然の結果でしょう。もしその気もないのにやっていたなら、クソビッチ認定で今すぐ絶交していますよ』

いくら自分で包み隠さず説明したとはいえ、今日一日の行動にすべて赤がつけられてしまうのは正直ツラい。

「もう止めて、再起不能になるから」

『ほんとうに再起不能なのは彼の方！　下手すれば一生のトラウマですよ』

二の句を継ぎようのない断言に、息が上手くできない。

『いいですか、男の人は本質的に臆病な生き物。よほどの自信過剰か、非常識でもない限りはチャンスを窺いながらも中々勇気を出せずにいるんです。レイユちゃん、そういう時は雰囲気に流された芝居くらいしてあげるのが女の見せ所なんですよ』

数多くの男の心を捉えて捨ててきた恋愛強者の言うことには説得力しかない。

正直、アタシには異次元のテクニックだった。

「恋愛ってそんな頭で考えてできるものなの……？」

『もしくは彼が相当に大人なのかですね。どこかの恋愛初心者の鴨が毎晩呑気に葱を背負って男の部屋に来ているのに、若い欲望のままに襲いかかってこないなんて』

「おそぅッ⁉」

驚きすぎて声がひっくり返ってしまう。

『甲斐甲斐しく世話してくれる上に、見返りも求めないんでしょう。そんな将来性の高い優良物件、わたしが付き合いたいです』

「相手は高校生よ！　なにを言っているの⁉」

『自分で避けておいて何様のつもりです。気の毒なお隣さん、お姉さんが慰めてあげたい』

親友は一貫して悠凪くんの肩を持つ。

「まだ振ってないもん。ハッキリ好きって告白されたわけじゃないし……」

そうやってアタシは自分を正当化しようと必死だった。

『ほとんど好きって言われているも同然でしょう！　レイユちゃんだって彼と一緒に過ごして思いっきり気になっているくせに。こうやって泣きついてきたのがなによりの証拠！』

「やっぱりそうなのかな？　そうなっちゃうよね……、多分そうなんだよねぇ～」

『うわ、好きだけど避けちゃうなんて、現実の恋愛では死ぬほど厄介な女ですよ。ツンデレが許されるのは二次元だけ』

親友はドン引きしていた。

「アタシには恋愛の駆け引きは無理だよぉ」

『世の中には、嫌いでなければお試しで付き合ってみるだってあるのに』

「彼にそんな不誠実なことできるか！」

『そうやって常識的な大人の態度を気取るのは結構ですけど、まるで実践できてませんよ』

親友は辛辣だった。

『ちなみにそのお隣の彼みたいな面倒見がよくてさっぱりした男を、近くにいる女たちは必ず見ています。キープしているつもりが、いつの間にか別の女と付き合っていても知らないですよ？』

冷ややかに切り捨てられた。

「彼はそんな軽い男じゃないから」

『それ、ぜんぶレイユちゃんの希望的観測』

「脅さないでよぉ」

『ただの事実です』

何も言い返せなかった。

『――レイユちゃんが好きでもない相手に膝枕する子じゃないのも知っています。だから事前準備なり心構えだけでもしておきたかった。親友の遅めの初恋をきちんと応援して、できるだけ成就させてあげたいと思っているんです』

親友は悔やんでも悔やみきれないという本心を吐露する。

「アタシの、初恋？」

『おまけに初心者が挑むには飛びっきり難易度が高い恋愛です。欲望のままに突き進んでも、バレた時に失うものが多すぎます』

親友はアタシが愛のない家庭環境で育ってきたのを知っている。

どれほどの思いで教師になったのかをわかっている。

だから深く共感して厳しく励ましてくれても、無闇に背中を押したりはしない。

「うん。自分が自分でなくなるみたいで恐い」

彼と一緒にいると自分の感情をコントロールできなくなってしまう。

高揚感が増して、冷静さが失われ、理性が怠け、常識が麻痺し、楽観が強まり、行動が大胆になる。

恥ずかしいのに嫌ではない。

緊張するけど安心できる。

触れたいけど触れられたくない。

相反する感情や欲求が湧いてくる。

男の人と付き合ったことがないから、ぜんぶはじめてのことだらけだ。

数え切れないはじめてを重ねていくのは楽しかった。

彼の支えがあってアタシの気持ちは前向きになり、生活に張り合いが出ている。

なんてことない日々、ふたりでいる時間が特別になって過ぎていく。

『ええ。初恋って苦しいものだもの』

親友の肯定に泣きそうになる。

初恋を経験するには遅く、彼と出会うには早すぎた。

アタシはもう大人だから。

相手の好意が嬉しくて、それを素直に受け入れられない状況が苦しい。

教師と生徒の関係である限り、そこに芽生える恋という名の感情は決して実ってはいけない禁断の果実だ。

それでも、手を伸ばしたい自分がいる。

『レイユちゃんがご両親のゴタゴタを散々見てきて、人を好きになることに臆病なのも仕方ありません。誰も生まれてきた家族を選べないからレイユちゃん自身の責任じゃないです。それを履き違えないで』

「うん」

『だけど、そのレイユちゃんの事情を彼に押しつけたまま、おしまいにするのは筋違いです』

「わかっている」

『そもそも、お隣の彼はふたりの年齢差や立場の問題はわかった上で初心な年上女を支えてくれているんですよ。そんな心優しい人に不義理を働くのは親友として許しません。その上でどうするかご自由に！』

親友は誰よりも真剣に叱ってくれる。

「うん」

アタシはその言葉をしっかり自分に刻みこむ。

親友は電話を切る前に、最後にひとつアドバイスを述べた。

『――多くの恋が冷めることはあっても、本物の愛ならどんなトラブルや障害もふたりの絆を強める通過点に過ぎないよ』

望んだ未来に進める自信なんてない。

だけど、このまま気まずいまま終わってしまうのは嫌だった。

大切な今の関係性を失いたくない。

それが天条レイユの本心だ。

「よし！」

まずはあの小さな約束を果たそうと、アタシは夜遅くにも拘らずキッチンに立った。

※※※

そして明けて月曜日の朝。

教室に着くと、目の前は空席だった。

いつものアタシを見上げてきた錦悠凪が珍しく遅刻している。

窓際の方に目を向けると、久宝院旭はきちんと時間内に着席していた。

「先生。もう号令をかけていいですか？」

教壇に立ったまま黙っていたアタシは、クラス委員の子に声をかけられて我に返る。

「ええ、お願い」

平静を装いながら朝のホームルームを終えても悠凪くんはついに姿を現さなかった。頭の中では昨日の出来事が原因なのかと気が気ではなかった。

どうしよう、後で思い切って彼にメッセージを送るか？

普段はプライベートな連絡に留めているので、学校での話題をやりとりすることがない。

今朝も情けないことに朝食の有無について連絡できず、彼の部屋に寄らないまま学校へ来てしまった。

こんなことなら肚を決めて顔を出せばよかった、と後悔する。

積極性を発揮するとは行動するとほぼ同義だ。

昨夜の決意はどこかへ消えてしまったみたいに、行動ができない自分の弱さが嫌になった。

そして昨日の彼が出してくれた勇気の偉大さを思い知る。

悩んでいると、久宝院さんがこちらに近づいてきた。

「天条先生。いいですか？」

久宝院さんの方から声をかけられるのは初めてで、不意を突かれた。

「先生？」

「ううん。どうしたのかな？」

アタシは笑顔を取り繕いながらも、昨夜の親友の言葉がふいに蘇る。

『気づいたら別の女と付き合っていても知らないですよ』

胸を騒がすような嫌なことを言ってくれるものだ。

「錦、風邪を引いたので今日は休むそうです。そう伝言を頼まれました」

久宝院さんは表情を変えず、ぶっきらぼうに伝えてくる。

「風邪⁉　熱は高いの？」

予想外の報告に仰天する。

雨で濡れてしまったのが不味かったのだろうか。

「さぁ詳しくはわかりません。先生、取り乱しすぎじゃないですか？」

「あ——、あはは。そうだよね。まさか久宝院さんから教えてもらえるとは思わなくて、驚いちゃって。ごめんなさい」

笑って誤魔化そうとするが、久宝院さんの視線はなんだか冷たい。

「……たまたま錦と連絡することがあって」

「へぇ、ふたりって仲がいいのね。ぜんぜん知らなかった」

我ながら白々しい演技をしていると思う。

彼が久宝院さんを起こすためにモーニングコールをしているのは、とっくに知っていた。

考えようによっては久宝院さんもアタシも彼に助けられている点では似た立場なのだ。

あぁ、ダメだな。

アタシはまた生徒に嫉妬している。

彼がアタシ以外の人に頼ったことが少しだけ悔しいのだろう。

「ねぇ。ふたりは付き合っていたりするの？」

気づけばそんな質問がアタシの口から零れていた。

「別に。錦が少しお節介なだけです。今回はたまたま伝言を頼まれただけで。あの、もういいですよね」

久宝院さんは話を切り上げて、足早に自分の席へ戻っていった。

アタシは出席簿を開いて、錦悠凪のところに欠席と記す。

わざわざ書かなくても、いつも目の前にいるはずの生徒がいなければ不在を嫌でも意識させられる。見慣れた景色がそれだけ変わってしまい、落ち着かない。

「いーよね。学生同士ならなんの問題もないんだからさ」

誰にも聞こえない声で呟く。

同じ二年C組の一員でありながら、アタシだけがみんなとは違うのだ。

教師と生徒。大人と子ども。そんな当たり前すぎることが、今は少しだけさびしかった。

教室を出て、廊下を歩きながら頭の中はどうしても彼のことを考えてしまう。

「風邪を引いているならアタシに直接教えてくれればいいのに」

自分のことを棚上げして、段々と腹が立ってきてしまう。

我ながら虫のいい話だ。昨日あんな風に帰らせておいて、メッセージを入れられるはずもない。自分が逆の立場でも無理だ。

「食事とか薬とか大丈夫かな……」

久宝院さんに伝言を頼むあたり、彼が気まずいと思っているのは確かである。

こういう時にひとり暮らしは大変だ。看病をしてくれる人がいないから、身体がしんどくても自分で動かないとなにも出てこない。

「――、そのために隣人協定があるんでしょう」

アタシはやるべきことをやろうと決めた。

第五章　まずは心を裸にしてみれば

朝、目が覚めると明らかに体調が悪い。

体温計を持っていないが全身に違和感があり、身体を起こすことさえ億劫だった。

水分補給をしようと冷蔵庫に立ったが、昨夜買ってきた食材を天条さんの部屋に忘れてきたことに今さら気づく。

その事実がダメ押しとなり、完全に心が折れた。

認めよう。風邪を引いている。

喉を潤してベッドに戻ったところで、電話がかかってきた。

「もしもし」

『うわ、出た』

電話口から素っ頓狂な声が返ってくる。

「旭？」

旭の方から電話が来ると思わなかった。

『ちゃんと起きている？』

「あぁ、もうそんな時間か……」

部屋の時計を見ると、いつも電話をかける時刻をとうに過ぎていた。

『モーニングコールがなかったから。珍しく寝坊でもした？』

「もう自力で起きれるから俺はお役御免だな」

『今朝はたまたま。錦が電話をサボったから文句を言おうと思って』

「悪い」

『……錦？　変だよ？　体調でも悪い？』

「風邪を引いたらしい。キツイから今日は学校を休む」

さすがに今の状態で登校できそうにない。

無理をして目の前に立つ先生に風邪をうつしたら大変だ。

「悪いけど、天条先生に休むって伝えてくれるか」

旭にお願いするのを申し訳ないと思いつつも、今頼れる人は彼女しかいない。

『それはわかったけど』

「助かる」

彼女があっさり了承してくれたことに安堵する。

昨日の今日で天条さんにこんなメッセージを送るのは俺的には心苦しい。

タイミングの悪さに、露骨な嫌がらせと思われてしまう。

それは申し訳なかった。

『ほんとうに、大丈夫？』

「やさしいじゃん。いつもそれくらいだと嬉しんだけど」

『無駄口を叩いてないで大人しく休んで。親はもう知っているの？』

「いや、俺はひとり暮らしだから関係ない」

『え、そうなの………』

旭は急に沈黙する。

「旭？」

『看病にでも行こうか？』

あまりにも意外な申し出に、熱による聞き間違いかと思った。

「旭って実はいい奴なんだな」

『体調が悪い時くらいは心配するってば』

「風邪なんて寝てれば治るさ。俺のことはいいから遅刻せず学校へ行け」

『なんかヤバかったら差し入れでも持っていくよ』

「その気遣いだけで十分だ。ありがとう」

話し疲れて、俺はすぐに眠りに落ちた。

力尽きて寝て、トイレと水分補給をしてまた寝る、を何度か繰り返していた。

熱のせいで起きた後にも疲れは取れなかった。

眠りも浅く、起きているのか寝ているのか判然としない。

ただ、ここにいるはずもない人物が現れる時だけは夢の中だとわかる。

そして、もう変えることのできない過去の出来事だ。

忘れようとしても忘れようがない。

俺がひとりになって、ひとり暮らしを選んだ理由。

親同士の再婚で新しく家族になったはずのかわいらしい少女は、俺の腕の中で泣きながら訴えた。


『悠くんとは兄妹になんかなりたくないッ』


血の繫がらない少年と少女はひとつ屋根の下、ただの兄と妹になるはずだった。

だが、家族になって出会った俺の義妹は、赤の他人のままでいることを望んだ。

その真っ直ぐな気持ちに応えられたら、どれほど幸せなことだろう。

彼女は誰が見ても美しい少女であり、俺ももちろん愛していた。

大切な子だから困っているのなら、助けてあげるのが当然だ。

少なくとも俺はそう思っていた。

義妹の抱いた好意は俺の家族愛とは異なり、異性への恋に近かった。

その想いを知ってしまった以上、俺はこの子と一緒にはいられなかった。

せっかく幸せになった母にも迷惑をかけてしまう。

だから、俺は家族から離れたのだ。

夢から覚め、自分の部屋の天井を見ていた。

相変わらず熱は下がらない。

ひとり暮らしをすると決めた時から体調管理には気をつけてきたつもりだった。

こうしていざ体調が悪くなると、ひとりの心細さを痛感する。

なんだか孤独感が無闇に強まり、弱った心身には堪えるものだ。

「…………」

枕元に置いておいたペットボトルに手を伸ばす。買い置きがなかったのでお昼に起きた際、なんとか外に出て近くの自動販売機でスポーツドリンクだけ買ってきた。

冷蔵庫には大したものは残っていない。キッチンに立つ気力も起きず、結局水分だけでここまで凌いでいた。

手に当たったペットボトルが軽い音を立てて床に落ちてしまう。

どうやら飲み干したことも忘れていたらしい。

ここには声を上げても飲み物を持ってきてくれる人はいない。

冷蔵庫まで行って、新しい飲み物を持ってくる気力もわかない。

仕方なく、無理やり寝直そうと瞼を閉じた。

「喉が渇いたのね。今飲ませてあげる」

幻聴が聞こえた。

いるはずもない女の人の声だ。

「口を開けられる？　そう、ペットボトルを傾けるよ」

言われるがまま従っていると、口から冷たい液体がゆっくりと流れこんでくる。身体中に水分が染み渡っていく感覚が心地よい。

「まだ飲む？」

問いかける声に「大丈夫」と潤った喉で答える。

「よかった。また欲しくなったら言ってね、悠凪くん」

「……あれ、先生？」

何度か瞬きした後、天条レイユの顔が近くにあった。

一日ベッドで寝ていたから時間感覚が曖昧だ。

カーテンの隙間からこぼれる光が、まだ夕方であることを知らせる。

平日のこんな時間帯に、俺の部屋に天条レイユがいるはずがない。

つまり、これは――

「まだ夢か」

「現実よ。体調はどう？　熱はどれくらいある？　体温計はどこ？」

キビキビとしていた。その話し方も学校で真面目な話をしている時の天条先生だった。そんな風だから妙に現実味が薄い。

「……持ってないです」

俺は訊かれるままに答える。

「じゃあ、ちょっと熱を測るね」と彼女は俺の額に手を当てる。

ひんやりとした手のひらが気持ちよく、熱でぼんやりとしていた意識を鮮明にした。

「え、本物」

天条さんはベッドの横で膝をついていた。

「熱があるんだから無理して喋らないで」

「まだ学校にいる時間でしょう？」

いつもなら水泳部の指導にあたっているはずだ。

「部活は練習メニューだけ先に伝えて、他の先生にお願いしてきた」

「だけど、どうやって部屋に？」

「鍵が開いてたから、悪いけど勝手に入らせてもらった」

天条さんは何事でもない様子であっさり答える。

あぁ、鍵は昼に自動販売機から戻ってきた時に俺が施錠し忘れていたようだ。

「なんで、来てくれたんです？」

「君が心配だから看病しに来た。それだけよ」

「俺なら気まずくて来れないですよ」

熱があるせいか思ったことがそのまま口から出てしまう。

「隣人協定の第二条『困った時はお互い様。遠慮なく助けを求める』。そう決めたでしょう」

天条さんは淡々と告げる。

「……俺がやらかしたから、破棄されると思ってました」

「そんなことできるわけないでしょう。君がいなきゃ、アタシの方こそ死んじゃうから」

「大げさな」

天条さんの冗談を笑い飛ばそうとしてみたが、上手くいかなかった。

天条さんはそっとズレていた掛布団を直してくれる。

それから切実な声で絞り出すように打ち明けた。

「あのまま隣人協定を破棄しても、アタシはひとりでも生きていくことはできるよ。それは君も同じだと思う。だけどね、今の方がアタシは間違いなく幸せだってわかる。それは単に食事を作ってもらうとか、自由な時間が増えたって表面的な話じゃない。忙しくても心配で仕方がない人がいる毎日は結構悪くないことなんだって、君っていうお隣さんが教えてくれたんだ。だから迷惑なんて思わないで、アタシを頼って。悠凪くん」

「天条さん。風邪を引いてすみません。助けてくれると嬉しいです」

俺は彼女の前で自分が弱っていることを認めた。

「謝ることなんて、なにもないよ。それに昨日はアタシの方こそごめん！　許してくれる？」

「弱った時に駆けつけてくれた天条さんが俺には女神に見えますよ。惚れ直しました」

「はい、昨日の件はこれでおしまい！　病人は寝なさい！」

天条さんは早口でまくしたて、ベッドサイドから立ち上がる。

「君が昨日忘れた食材は冷蔵庫に入れておいた。それと食事を作るからキッチンを借りるね」

「いいんですか？」

「こんな時くらい大人しく甘えなさい」

その大人の態度には力みがなく、押しつけるわけでもなく自然なものだった。

「ありがとうございます」

「気にしないで、ゆっくり休んでて。食事ができたら起こせばいいかな？」

「はい。朝から水分しかとっていないのでお腹空いてます」

「お粥でいい？」

「食欲はあるので、うどんとかもう少し食べ応えがあるものだと嬉しいです」

俺も今欲しい物を伝える。

「オーケー。じゃあ大至急作るね」

天条さんは笑顔を浮かべてキッチンに向かった。

家に誰かいるという安心感ですっと身体の力が抜けていく。

キッチンから聞こえてくる料理する気配が不思議と心地よい。水道を使う音や包丁の小気味いい音をＢＧＭに、俺は穏やかに瞼を閉じる。

天条さんは料理がとても上手だった。

本人の言葉通り、忙しいから家事をする時間がないだけで手慣れたものである。

具材たっぷりのうどんは食べやすいように柔らかめに茹でられた麺に、素材の旨味と出汁がしっかりと利いた汁でやさしい味だった。それでいて寝ている間に結構汗をかいていたので、その塩気が美味しく感じた。

「味はどうかな？」

「美味しいです」

「ならよかった。早く元気になってくれないと、アタシも落ち着かないからさ」

「天条さんの手料理で、生き返りました」

夢中で食べて、しっかり満腹になるくらいには食事ができた。

食後、風邪薬を飲んで人心地つく。

「食べたらまた汗をかいたでしょう。温かいタオルを用意しようか？」

「少し回復したんでシャワーだけ浴びてきます」

「浴室で倒れたりしない？」

「湯船には浸からないので平気ですよ」

天条さんのおかげで昼間よりも視界がクリアになり、真っ直ぐ歩けるようになった。

「ひとりで身体とか洗えるの？」

「子どもじゃないんだから、心配しないでください」

「けど、ちょっと待ってて！」

そう言って、天条さんはなぜか自分の部屋に急いで戻っていった。

「？」

食事のおかげで多少は持ち直したが、さっと汗を流して眠りたい。

待つもなにもシャワーを浴びるだけなのだからと、俺は浴室に入った。

お湯が心地いい。そのままぼーっとシャワーを浴び続けているうちに、浴室が白い湯気に包まれていく。

ガチャと浴室の扉の開く音がした。

熱っぽい頭だから聞き間違いだろうと無視して、さて身体を洗おうとする。

「あー先に入っている。待っててって言ったのに」

「え、天条さんッ⁉　なんで開けるんですか⁉」

突然のことに振り返ると——裸同然の彼女が立っていた。

俺は完全に固まってしまう。

「お背中を流しますね」

天条さんは平然とした様子だった。

長い髪が濡れないように後ろでひとまとめ、胸から下を隠すようにバスタオルを巻いていた。

手には小さなタオルも持っている。

露わになっているのは肩や鎖骨だけとはいえ、思春期男子には裸と大差ない。

「えぇ～～⁉」

声を張り上げるのがしんどいのに大声が出てしまう。

「昨日のお詫びと思って」

「食事だけで十分足りてますってば！」

「アタシの方が申し訳ないの」

こちらの動揺を一切無視して、彼女が浴室に入ってくる。

「いいから出ていってくださいよ⁉」

「体調が悪いんだから遠慮しないで」

「風邪じゃなくてもアウトです！」

「なにが？」

天条さんは素で首を傾げる。

「とにかくマズイですってば！」

俺は直視できず、壁にへばりつくように背を向ける。

「マズイって、どの辺が？」

「その格好がですよ！」

シャワーの音にかき消されて、彼女が近づくのを察知できなかった。

「――裸でもないのに？」

後ろから耳元に囁かれる甘い誘惑。

ゴクリ、と喉を鳴らしてしまう。

背筋から電気が流れるみたいにゾクゾクした。理性のブレーキは今にも壊れそうだった。

期待と狼狽がない交ぜになった一瞬の沈黙を、彼女はＹＥＳと捉えたのか。

「元気になってほしいから君にだけ特別」

「天条さん、ストップ！」

止めるために思い切って振り返る。

「じゃーん！」

彼女は手にかけていたバスタオルを元気よく外す。

「…………水着、ですか」

その下は一糸纏わぬ姿——ではない。

天条さんは競泳水着を身にまとっていた。

そのデザインには見覚えがある。Ｇ事件の時に洗面所でぶら下がっていたやつだ。

冷静さを取り戻したせいで、しっかりと見てしまう。

よくよく見れば肩のストラップ部分はバスタオルの上から見えているはずなのに、慌てていて気づかなかった。

「濡れても平気な格好なら水着一択でしょう」

「よくない！」

視覚的なインパクトがあまりにも強すぎて、熱も吹っ飛んでしまいそうだった。

彼女は純然たる入浴の介助をするために選んだらしい。

天条レイユの積極性、ここに極まれりだ。

「まだ治ってないのに、あんまり大きな声を出さないの」

「誰かさんが刺激的な格好をするから」

「水着は水着じゃない。裸じゃないからセーフ」

水泳部顧問は堂々としたもので美しい水着姿を惜しげもなく披露する。

普段から着慣れている上に本人もスタイルに自信があるからなのか、この姿に対する羞恥心が薄い。

だが男子高校生にとって水着姿はほとんど裸と変わらなかった。

むしろ競泳水着は機能性重視な分、ピッタリとフィットしているので身体のラインを浮かび上がらせる。

風呂場のこもった熱気で赤くなった頬、窮屈そうな大きな胸元に浮かんだ汗が谷間の曲線を流れ落ちる。脚の動きやすさを優先したハイレグによる下半身は鼠径部まで露わになっている。

存在ぜんぶがセクシーすぎて、どこを見ていいかわからない。

だけど目が奪われてしまう。

服越しにもスタイルがいいのは知っていたが、まさかこれほどとは。

俺は言葉を失ったまま見入ってしまう。

シャワーの音だけが浴室に響く。

「悠凪くん、ガン見しすぎ」

「⁉ す、すみません」

俺は顔を背けて、己が全裸であることを思い出す。

そして生理的な反応により、身体の一部が緊急事態であることに気づく。

俺は慌ててバスチェアの上に座り、身体を丸める。

天条さんは「じゃあそのまま洗ってあげるね。まずはシャンプーかな」と手伝う。

やるべきことを果たすまで出る気がないであろうと俺は悟った。

逆らうような気力もないので、諦めた俺は無心で大人しくしておこう。

天条さんは俺の背後で膝立ちになると、俺の髪を洗い出し、シャカシャカと泡立てられる。

頭皮をマッサージする手つきは正直気持ちいい。

「痒い所はありませんか？」

「極楽です」

「声が硬いよ」

「そうですか」

「怒っている？　ただきっぱりしてほしいだけなのに」

「俺には試練の時間なんですけど？」

天国と地獄が肩を組んでやってきてしまった。

昨夜のベッドに押し倒した時より遥かに危うい状況なはずなのに、こちらが弱っているのをいいことに彼女は打って変わって平然としたものだ。

動揺する俺が面白いのか、鏡に映った天条さんが悪戯っ子のような顔をしていた。

「アタシは、正直ちょっと楽しい」

「自分ばかり楽しんでズルいな」

「まるでアタシがイジメているみたいに聞こえるけど？」

「こっちは生殺しですから」

「アハハ。じゃあ頭流してさっぱりしようか」

人の気も知らずに笑って誤魔化された。シャワーをかけられて泡が落とされる。

顔の水気を拭い、俺は髪をかきあげると現状の印象を正直に伝える。

「言っておきますが、水着の方が全裸よりエロい可能性すらありますからね」

「悠凪くんって水着フェチなの⁉」

「違いますって」

「水着なんて海やプールでいくらでも見られるじゃない。いちいち反応してたら大変でしょう」

「それはそうですけど、男を都合よく甘く見すぎですって」

天条さんは話しながらもタオルにボディーソープをつけて、俺の背中を洗い出す。そのまま肩から腕まで及ぶ。

と、鎖骨のあたりで彼女の手はピタリと止まる。

「悪いけど前の方は自分で、お願い」

「むしろ絶対に俺の正面は見ないでください」

「どうして？」

ここで質問を返してしまうあたり、この人の初心さが炸裂していた。

「今だけは俺自身が男であることを絶対に隠せません」

「え？　──ええ⁉　風邪を引いているのに？」

この人は俺が風邪を引いているから油断しすぎていたのか⁉

そりゃ鴨が葱を背負ってくる呑気さで、水着で風呂場にやってこれるわけだ。

無償の善意か、無知ゆえの大胆さか。

この人は完全に失念している。

いくら教師と生徒であっても──男と女であることだけは絶対に変えられない。

「先生が来たせいで元気になったくらいです」

「そうなの⁉」

タオルを受け取る前に、俺は天条さんの手首を摑む。そのままぐっと引きつけ、顔の近くでハッキリと予告しておく。

「これ、俺が風邪じゃないなら絶対に我慢できないですから」

「わ、わぁ。野獣の目をしている」

「先生が魅力的なせいです」

「アタシ、年上だよ？」

「年齢なんて関係ありません。その時は覚悟を決めておきましょうね」

ちょっとした仕返しのつもりで伝える。

天条さんはようやく己の迂闊さを自覚して、顔を赤くする。

この時の天条レイユの表情を俺は忘れない。

はしゃいでいたはずの彼女は恥ずかしさに染まり、この先に男女の営みがあることを意識していた顔をしていた。

密室、裸同然の男女、近い距離。

俺たちはギリギリのところで押しとどまっているにすぎないのだ。

「あ、アタシ熱くなったから先に出るね」

彼女は立ち上がり、浴室を飛び出していった。

浴室を出て、新しい寝間着に着替えて部屋に戻ると天条さんもまだ残っていた。

彼女も以前に見た部屋着に着替えており、カーペットの上で体育座り。

膝を抱える様子はあたかも身を守るかのように縮こまって見えた。

というか、天条さんはここで着替えたのか。俺の生活空間で彼女は裸になったのか？

「…………」

いかん、浴室で水着姿を見た後だから、裸体に対する解像度が格段に跳ね上がっている。よからぬ妄想が捗ってしまう。

そもそも、あのお風呂の後だから大変気まずい。

「さっぱりできた？　気分は悪くなったりしていない？　ちゃんと水分補給しなよ」

天条さんはおずおずと声をかけてくる。

「よく逃げませんでしたね」

「――ッ、病人を放置して勝手に帰れないでしょう」

半ば意地になっているような言い方だった。

「おかげさまで。薬も効いたのか、かなり楽になりましたよ。ありがとうございます」

俺は冷蔵庫を開けてスポーツドリンクで喉を潤していると、見慣れぬ保存容器を発見する。

「これって天条さんが入れてくれたんですか？」

大き目のサイズにたっぷり入っている。中身は茶色い。

「肉じゃが、作ったから一応持ってきた」

照れくさそうに認める。

「……天条さん、昨日から仲直りするタイミングを探してたんですね」

「スーパーでの約束を守っただけ！」

「じゃあ、早速いただきます」

俺は蓋を開けて、そのまま指で摘まむ。

「おー味が染みこんでいて美味い。天条さんって料理上手ですよね」

「コラ、行儀の悪いことをしない！　病人は湯冷めする前にさっさと寝なさい」

ベッドをバンバンと叩いて、就寝を促す。

「じゃあ残りは明日の楽しみにしておきます」

「食欲はあるし、顔色も良さそうだから明日には回復しそうね。けど、念のために学校は休むこと。わかった？」

「そうさせてもらいます」

部屋の電気は落とされ、間接照明のみ。

俺がベッドに入るまで天条さんは仁王立ちで監視する。

「あの、天条さん。月曜日ですし、もう帰ってくれても大丈夫ですよ」

「まだ九時前だから、いつもより余裕があるくらいよ。寝るのに邪魔なら戻るけど」

「昼間に寝すぎたので俺は構いませんよ」

「じゃあ、もう少しだけいる」

彼女もまたベッドにもたれかかるようにして床に座る。

横に向けば、すぐ近くに天条レイユの美しい顔があった。

「近いと、風邪がうつっちゃいますよ」

「他人にうつす方が治りも早いかも」

「先生がダウンしたら意味がないですって」

「それもそうだけど、さっきはもっと近かったね」

天条さんは独り言のように言った。

「女の人のああいう気安い反応や無邪気な接近って男には凶器なんですよ。簡単に好きになるし、舞い上がって勘違いしそうになるんです。特に気になる人なら」

俺は天井を見上げる。

「……ねぇ、悠凪くんの気になる人ってどんな人？」

天条さんは慎重な声で訊ねてくる。

「お隣さんの社会人。一生懸命で、なんだか放っておけないんです」

「年上がいいなんて君も物好きだね」

天条さんの声はかすかに震えていた。

「気になった人がたまたま年上だっただけですよ」

「身近な同級生の方が付き合いやすいのに」

「おまけに、世間一般では恋人になってはいけない立場の相手なんです」

「じ、時間の無駄かも」

「いいんです。今のままでもいいって思えるくらい大切な相手だから。その人がＯＫをくれるまで俺は待てます」

現状維持という選択。

世間から見れば不合理な選択だとしても、俺にとっては正解なのだ。

俺は、俺の意志でそれを選んだ。

進まない勇気、下がらない覚悟、焦らない忍耐。

今の隣にいる距離感を大切にしたいのだ。

「天条さん。隣人協定にひとつ追加したいルールがあるんです」

俺は身体を起こして、ずっと考えていたことを切り出す。

「どんなこと？」

顔を横に向けると、彼女は張りつめた表情で次の言葉を待つ。

「有効期限を決めたいんです」

「それっていつ？」

彼女は恐る恐る確認する。

「俺が卒業するまで」

「え？　でも、それって……」

「天条レイユさん。このまま引っ越さないでください。これからも今まで通り、俺のお隣さんでいてほしいです」

本心を打ち明ける。

なんてことはない。俺も今の関係性そのものが好きなのだ。

この人と共有する時間を手放したくない。

「そうしたいけど、もしも……」

「天条先生にとって今の状況が危ういことはわかっています」

「それは教師であるアタシの都合の話であって、君が気にすることじゃないよ」

「けど、俺の隣人のお姉さんは言ってくれましたよね。『困ったことがあるならアタシに遠慮なく相談して。必ず君の力になるよ』って。俺はこんな風に助けが必要な人間なんです」

俺は自分の弱さを認めて、素直になる。

そして天条レイユの事情にも寄り添いたい。

教師としての立場、隣人としての共同生活、そして彼女個人の想い。

ひとりの人間の中でそれぞれの意見が複雑に絡み合い、簡単には割り切れず、最終的な決断を下すのは難しい。

――俺も痛いほど、その困難さを知っている。

俺個人の想いを押し殺し、兄としての立場を捨てられず、家族の平和を優先した。

その結果として俺は家族から離れ、ひとりを選んだ。

「もちろん言ったし、だから今日も来たけどさ」

「ふたりの秘密は卒業まで必ず守ります。それなら引っ越さなくても大丈夫ですよね」

引っ越しの話はあくまでも予防のためだ。離れた方が安心できるだろうが必須ではない。

しばらく間を置いて、天条さんはポツリと呟く。

「ねぇ、それって君は卒業まで他に恋人を作らないって約束でいいの?」

天条さんは決して俺の方を見ようとはしない。

俺は代わりにベッドの上にあった彼女の手を握る。

しなやかな白い手は小さく震えながらも拒むことはなかった。

「永遠の愛を証明するためなら卒業まで我慢しますよ」

彼女は顔を上げた。

「貴重な青春時代を無駄遣いして」

天条さんは泣きそうになる。

「俺が一番欲しいのは先生との青春ですから」

「後悔しない？」

「大人より自分の時間があるのが学生のいいところなんです。だから俺は、錦悠凪は一番好きなことに時間を使います」

「バカ」と小さく呟く。

「だから先生もきっちり守ってくれますよね？」

「それは、隣人協定はふたりで共有するルールだからね」

「どうだろう。先生の方こそ美人でモテるから俺は心配だなぁ。きっと色んな男の人からモテているんだろうなぁ」

死ぬほどワザとらしい芝居をする。我ながら大根役者もいいところだ。

「それはこっちの台詞ッ！」

天条さんはムキになって食ってかかる。

「俺に心配する要素なんてあります？」

彼女は繋いでいた手をギュッと握る。それは痛いほどに。

「大アリよ！　君はアタシと同じで身近に親しい友達がいないところが似てると思っていたのに、知らぬ間にクラスのクールな美少女と仲良くなって毎朝モーニングコールって。女の子に手が早すぎない⁉　遊び人なのか疑いたくもなるってば。あまつさえ自分が風邪を引いたくせに、その子に伝言を頼むとか、どういう神経しているのよ！」

溜めに溜めていた不満を一気にぶちまける。

「なるほど。それで心配半分、嫉妬半分で来てくれたんですね」

「違う！　正確には8：2よ！」

やけに訂正が細かい。

あれ、俺が思っていたよりもずっと大切にされている？

「二割でも風呂場まで水着で押しかけてくるなんて、俺って結構好かれているんですね」

俺は必死に奥歯を噛んで、ニヤケそうになるのを堪えた。

「調子に乗るな！　ひ、必要だからしたまでよ」

「だって水着、エロすぎですよ。その大きなおっぱいは揉んでみたいし、お尻なんてほとんど丸見えじゃないですか」

俺は包み隠さず男子の下心をぶちまける。

「明け透けすぎない⁉」

天条さんはベッドにもたれかかっていた身を起こし、胸元をもう片方の腕で隠す。

「いっそ恋人同士、裸でイチャついた方がよっぽど楽でしたよ。それくらい緊張しました」

「そんなに⁉」

天条さんは己の迂闊さを知り、顔から火が出そうになっているようだ。

「あなたを大切にしたいのと同じくらい、衝動のままに襲いかかりたいこともあります」

この人は男心もその生態も知らなすぎる。

繋いだ手を離さない。

「肉食動物の前でお肉をチラつかせている気分」

「いいですか、たとえ白馬の王子様だって性欲はきちんとありますから」

リアルな恋愛は憧れや綺麗事だけでは収まらない。

ただ、それこそが人と人とが深い関係になる醍醐味なのだろう。

「君が白馬の王子様なんて思ってないから！」

「そこまでうぬぼれているつもりはないんですけど。そんな柄でもありませんし」

明らかな照れ隠しに、俺も苦笑してしまう。

天条レイユは見た目が綺麗系なのに、中身はつくづく乙女な人である。

「言葉の綾よッ！」

俺の気になる女性は怒っていても魅力的だ。

美人だから心を奪われたのではない。スタイルが抜群だから抱きたいのではない。

この人のもっとたくさんの表情をずっと見てみたかった。

「からかいすぎました。天条さんが安心できるように、俺もエロイことは全力で我慢します」

「え、でも。男の子ってそういうの大変なんじゃ……」

彼女は顔を真っ赤にして恐る恐る確かめる。

「じゃあ可能な限り我慢します」

「違いがわからないんだけど」

「一晩添い寝しても問題ないくらいには」

「安心、なのかなぁ？」

懐疑的な視線が痛い。

「下手に刺激しなければ、おそらく」

「そこは男らしく断言してよ！」

「期待に沿えず申し訳ない」

「諦めるの早くない⁉」

「男の性欲は制御不能な怪物なんです」

「……そりゃね、水着であの反応なんだからわかるけどさ。生理的なものを我慢するのはツラいだろうし、こっちもできるだけのことは譲歩するよ」

照れながらもまんざらではないという表情。

え、そういう顔もできるの。エロかわすぎるでしょう。

ヤバイ、見ているだけ興奮してしまう。

どうしてこんな時に限って、俺の体調は万全でないのか。

「天条さん、マジ女神。言質取りましたからね、俺は忘れませんよ！」

「こら、病人のくせに昂るな！　節操なさすぎ！」

叱りながらも、俺の手を離さない。

「すみません、あまりにも理解があって最高すぎです」

「あーあ、アタシ余計なこと言っちゃったかも」

「後悔しても遅いですよ」

「わかっているってば。女に二言はない」

仕方なく受け入れながらもため息をつく。葛藤している様も愛らしい。

「迷うくらいなら、もう少しだけ条件を緩めません？」

「具体的には？」

俺は一番平和的な解決策を述べる。

「法律の範囲内で、こっそり健全なお付き合いをしませんか？」

俺はその美しい顔を見つめる。

眩しくて見上げるだけだった存在は、今こうして俺の隣にいてくれる。

それが嬉しくて自然と笑顔が浮かんでしまう。

彼女も似たような感じだった。

そして耐え切れずに暴露する。

「ダメ！　そんなことしたらアタシの歯止めが利かなくなる！」

「え、それってつまり」

「いいからさっさと寝なさい！」

天条さんは手を振りほどくが、決して側を離れたりはしなかった。

「そうやって困るとまた逃げようとする」

俺は笑うしかない。最初のおすそわけの時と同じだ。

指摘された彼女は悔しそうに身を固くした。

「とにかく引っ越しは止める！　それ以外はぜんぶ保留！　文句は言わせない！」

「最高の特効薬です。これで安心して熟睡できます」

あーよかった、と俺はベッドに寝直す。

「君が眠るまではずっと監視しててやる」

「気になって落ち着かないんですけど」

「目を瞑っていれば、そのうち眠くなる。アタシのことは気にしないで」

「それは無理ですよ」

「無理でも我慢しなさい」

「そうですね、ここは我慢比べといきましょう。おやすみなさい」

「おやすみ。いい夢を」

強がってみたが色々と限界だ。

好きな人を近くに感じられる安心感で、俺はあっという間に眠りに落ちていた。

錦悠凪と天条レイユの隣人協定に以下の項目を追加する。

第六条、卒業までお互いに恋人はつくらない。

エピローグ　眩しい朝の光の中で

翌朝、いつもと違うスマホから鳴り響く音で目を覚ます。

アタシは枕元で音が鳴るスマホを探り当て、寝ぼけた頭で画面も見ないでタップした。

スマホの音は止まる。

「ふぁー、そろそろ起きなきゃなぁ」

ベッドの中でぐぅーっと身体を伸ばす。が、手足が伸びきる前に隣のなにかにぶつかる。

「ぁ痛……」

アタシの手が当たって、自分以外の声が上がる。

「あれ？」

アタシは首を巡らし、横を見る。

同じベッドの中にいるもうひとり。寝返りを打って、顔がこちらに向く。

錦悠凪の寝顔が至近距離にあった。

「――⁉　嘘、なんで？」

アタシは声を上げて、身体を起こす。

部屋を見回し、ここが彼の部屋であることに気づく。

枕元の間接照明は昨夜から点いたまま。

そしてシングルベッドにふたりで並んで寝ている。

自分の服装が昨日と変わっていない。

アタシは即座にこの状況を把握した。

昨夜、ベッド脇で彼が眠るのを見届けてから自分の部屋に戻るつもりだった。が、そのまま寝落ち。そして夜中に目が覚めると、いつもの調子で寝ぼけながらベッドの中に潜りこんだ。

そして、彼の部屋で再び朝を迎えていた。

やらかしたぁぁぁ〜〜〜!!!!　パート2。

まさか、また同じ失態を繰り返すとはッ!?

おまけに今度は彼と同じベッドで一夜を明かしてしまった。

男の人と一緒に寝ちゃった。

脳裏にフラッシュバックする昨日の出来事の数々。弱った彼の表情にキュンとしてしまい、浴室における己の迂闊な行動、交わした言葉——その結果として彼の部屋でお泊り。

悶えすぎて、思わず悲鳴を上げかけようとして

『錦？　他に誰かいるの？』

アラームは止まっていたが、女性の声がスピーカー状態で聞こえてきた。

「────！」

スマホを急いで掴むと画面には、久宝院旭の名前で通話状態になっていた。

アタシが操作してしまったのは彼のスマホだったらしい。

『そこにいるのは、誰？』

久宝院さんは不信感を露わにした声で疑ってくる。

ここでアタシの正体がバレたら社会的に死ぬ。ヤバイ、どうしよう⁉

横では錦くんが目を覚ます。

「あれ、先生。どうし──ぐむッ⁉」と咄嗟に彼の口を塞ぐ。

「もしもしぃ、私、悠凪の母です。風邪の看病で来ているんですぅ」

アタシは必死に声を変えて、質問されてもいないのに自分の状況説明をする。

『錦の、お母さん？　すみません。私、クラスメイトの久宝院と言います。その、ずいぶんと声がお若いんですね。ビックリしました』

「よく言われますぅ」

冷や汗を浮かべながら、アタシは彼の母親のふりをする。

『あの失礼ですが、どこかでお会いしたことあります？　声に聞き覚えがあるような……』

「気のせいじゃないですかぁ。それで、ご用件は？」

錦くんはアタシの手をどけて、今誰と話しているのかを理解していた。

『彼の体調が気になって電話しました』

「もう熱も下がって、食欲もあるし元気になっているから心配しないで。お電話ありがとう」

横で笑いを堪える彼の顔つきは昨日に比べて、かなり良さそうだ。

『それじゃあ、お大事にとお伝えください』

久宝院さんとの通話が終わると、アタシは緊張から解放された。

「寝起きから笑わせないでくださいよ！　ビックリするじゃないですか」

錦くんはいつも通りに笑えるくらいには回復していた。

「アタシも心臓が止まるかと思った」

胸の動悸が収まらず、ベッドに手をついてしまう。

「天条さん、また無意識にベッドに潜りこんだんですね。昨夜言ったそばからなにやっているんですか。ほんとう、風邪がうつってたら大変ですよ」

心配する彼は、なぜアタシがベッドの上にいるのかも察していた。

「うぅ、弁解のしようもない」

恥ずかしくて合わせる顔がない。

「俺、熟睡していたからまったく気づかなかった」

「いいことじゃない。すっかり熱も下がったみたいね」

「添い寝してくれたおかげです」

「そんなわけないでしょう」

「けど、天条さんの看病のおかげなのは間違いないですよ」

彼は風邪から回復して、すっかり上機嫌だ。

「それにしても、せっかくのチャンスをふいにしたな」

「チャンスってなに？」

「据え膳食わぬは男の恥、って言うじゃないですか。一夜を共にしたのに惜しいことを」

「我慢するって誓ったじゃない」

「だから安心して添い寝できるってこうして証明したでしょう」

彼はやたらに得意げな顔だったから、アタシもムキになる。

「た、体調が悪かったんだからノーカンよ！」

「じゃあ元気な時にまた一緒に寝ましょうか？」

「しないよッ⁉」

咄嗟に後ろへ下がろうとして、アタシはベッドの端から落ちかける。

「――ッ、セーフ。これは寝ぼけた拍子のハグってことで許してくれませんか？」

彼が素早くアタシの背中に手を添え、そのまま引き寄せる。

その結果、彼の胸の中にすっぽりと抱かれてしまった。

一瞬の驚き、それを上回る安心感に身を委ねてしまう。

こんな風に他人と触れ合うことが心地いいなんて知らなかった。

「まんざらでもなさそうですね」

アタシの顔を覗きこむ彼もまた笑顔だった。

「き、気のせい！」

「もうしばらく、こうしていませんか？」

ちょっと悪くないかも、と思ってしまう自分がいた。

「今迷いましたよね？」

「と、年下に弄ばれている気がする」

「俺は遊びじゃなくて、真剣ですから」

彼はさらりと言ってのける。

その言葉を否定することなんてアタシにはもうできなかった。

「まさかおすそわけの偶然から、こんなことになるなんて」

朝日に満たされた明るい部屋、ベッドの上でふたり一緒に笑い合う。

ひとりがさびしい時はあっても、恋なんて無理にしなくていいと思っていた。

永遠の愛がこの先にあるのかもわからない。

だけど、こうしてふたりで笑いながら迎える朝はとても幸せだった。

了

あとがき

はじめまして、またはお久しぶりです。羽場楽人です。

『君の先生でもヒロインになれますか？』をお読みいただきありがとうございます。

電撃文庫では4シリーズ目になりました。

今回は、かわいいお姉さんがメインヒロインのお話です。

大人だけど、まだ大人になりきれていない天条レイユは教師。

子どもだけど子どものままではいられなかった錦悠凪は生徒。

ふたりが隣人同士であることが偶然発覚したことから物語が始まります。教室や家で同じ時間を過ごすうちにお互いを異性として少しずつ意識しながらも立場や年齢の違いに悩み、それでも相手を求める感情に嘘はつけない。

そんな曖昧な距離感に揺れる恋と眩しい青春の日々。

読者の皆様に楽しんでいただけたならばこの上ない喜びです。

ここからは謝辞を。

担当の阿南編集長、駒野様、ありがとうございました。よき作品が世に出るためには編集者の並走あってこそです。

イラストの塩こうじ様。引き続きよろしくお願いします。素敵なイラストで作品を彩っていただきました。レイユや旭のかわいさ、青春のキラキラ感などすべてが作品に不可欠なものです。ありがとうございます。

本作の出版にお力添えいただいた関係者様にも御礼申し上げます。

妻と生まれてきた娘、そして支えてくれる家族には最大級の感謝を。

かけがえのない友人たち、いつも助けてくれてありがとう。

今後の最新情報につきましては羽場のX（旧ツイッター　@habarakuto）でも随時お知らせしています。ぜひフォローして応援いただけると嬉しいです。

それでは羽場楽人でした。またお会いしましょう。

BGM：米津玄師『LADY』

◉羽場楽人著作リスト

「わたしの魔術コンサルタント」（電撃文庫）
「わたしの魔術コンサルタント② 虹のはじまり」（同）
「スカルアトラス　楽園を継ぐ者〈1〉」（同）
「スカルアトラス　楽園を継ぐ者〈2〉」（同）
「わたし以外とのラブコメは許さないんだからね①～⑥」（同）
「君の先生でもヒロインになれますか？」（同）

本書に対するご意見、ご感想をお寄せください。

ファンレターあて先
〒102-8177　東京都千代田区富士見2-13-3
電撃文庫編集部
「羽場楽人先生」係
「塩こうじ先生」係

本書は書き下ろしです。

電撃文庫

君の先生でもヒロインになれますか？

羽場楽人

2023年11月10日　初版発行

発行者　山下直久
発行　株式会社KADOKAWA
〒102-8177　東京都千代田区富士見2-13-3
0570-002-301（ナビダイヤル）
装丁者　荻窪裕司（META＋MANIERA）
印刷　株式会社暁印刷
製本　株式会社暁印刷

●お問い合わせ
https://www.kadokawa.co.jp/（「お問い合わせ」へお進みください）
※内容によっては、お答えできない場合があります。
※サポートは日本国内のみとさせていただきます。
※Japanese text only

※定価はカバーに表示してあります。

ISBN978-4-04-915203-6　C0193　Printed in Japan

電撃文庫　https://dengekibunko.jp/